El último vuelo
de **Hortensia**

Narrativa
contemporánea

Vasco, Irene, 1952-
    El último vuelo de Hortensia / Irene Vasco. -- Bogotá :
Panamericana Editorial, 2021.
    164 páginas ; 23 cm.
    ISBN 978-958-30-6276-6
    1. Novela colombiana 2. Jóvenes desplazados por la
violencia - Novela 3. Supervivencia - Novela 4. Adultos
jóvenes - Novela I. Tít.
Co863.6 cd 22 ed

Primera edición, abril de 2021
© 2021 Irene Vasco
© 2021 Panamericana Editorial
Calle 12 No. 34-30. Tel.: (57 1) 3649000
www.panamericanaeditorial.com
Tienda virtual: www.panamericana.com.co
Bogotá D. C., Colombia

Editor
Panamericana Editorial Ltda.
Edición
Luisa Noguera Arrieta
Diagramación y diseño de carátula
Diego Martínez Celis
Fotografía de carátula
Shutterstock

ISBN 978-958-30-6276-6

Impreso por Panamericana Formas e Impresos S. A.
Calle 65 No. 95-28, Tels.: (57 1) 4302110 - 4300355. Fax: (57 1) 2763008
Bogotá D. C., Colombia
Quien solo actúa como impresor.

Impreso en Colombia - *Printed in Colombia*

El último vuelo
de **Hortensia**

Irene Vasco

PANAMERICANA
EDITORIAL
Colombia • México • Perú

Para Rafael Sebastián, con todo mi amor

Para la auténtica Hortensia,
cuyo nombre ignoro, por su valentía en el trapecio

Con mi gratitud para Lucely, Inírida, Magali y Samara
por sus historias prestadas

Contenido

Capítulo 1
En el rancho

LA ÚNICA QUE SE QUEDÓ en su rancho fue Cordilia.

—De aquí no me saca nadie –dijo, escondiéndose detrás de la mesa, como si ahí no pudieran encontrarla–. En esta casa nací, tuve a mis catorce hijos, enterré a mis viejos, casé a mis hijas. Aquí estoy sembrada y nadie me puede arrancar de la tierra que es mía.

Hortensia, en cambio, se tuvo que ir. No la dejaron decidir si se quedaba o no.

Cordilia era la mujer más brava de por ahí. Vivía en un rancho, a las afueras del pueblo, camino al monte. Recogía el agua de la quebrada. En su solar sembraba cacao, café, maíz, trigo, fríjol, plátano. Criaba gallinas y patos y además tenía un par de vacas lecheras. Buscaba chamizos para el fogón. Vendía aguapanela con pan a los que pasaban por su casa a pie, a lomo de mula o a caballo, por el único camino que iba hacia las fincas. Cocinaba para los doce peones del patrón. Además, sabía leer.

Desde que Hortensia recordaba, gran parte de su vida había vivido entre su casa y el rancho de Cordilia.

—Es para que se vaya entrenando; Cordilia necesita ayuda y usted necesita aprender a trabajar –le dijo su papá cuando cumplió los seis años.

Ahora, que tenía quince, no se quería ir del rancho sin ella.

—Madrina, por favor véngase con nosotros. Ese mundo de allá lejos da mucho susto. Por favor, se lo ruego. Si usted no me peina las trenzas, los duendes me encontrarán, me enredarán el pelo como hicieron con las crines del caballo de Alfredo. No quiero que me enduenden, madrina. Si usted no me acompaña, ¿quién me va a cuidar? A ver, dígame no más, ¿quién me va a cuidar?

—Tranquila, niña. ¿Cómo le va a tener miedo a los duendes? Usted ya se sabe la oración para protegerse. Desde que le tocaba madrugar al monte a ordeñar las vacas, se la enseñé. ¿O fue que ya se le olvidó?

—No, madrina. Yo me la sé de memoria, tal y como me la hizo repetir mil veces. Siempre que salgo a recoger leña o a ordeñar, la voy repitiendo. Mire, si quiere se la digo:

Ya vienen las vacas blancas de los coros celestiales. Ángel desventurado, sin dicha ni consuelo, ¿por qué no cantas ahora como cantabas en el cielo?

—Bien, niña, bien. Por eso los duendes no han podido llevársela. Repita su oración a cada rato. Allá lejos puede que haya muchos duendes. Duendes y quién sabe que otros espantos. A donde quiera que vaya, tenga cuidado, no sea que le pase lo mismo que a su prima

Severina. Ella nunca me hizo caso y desapareció varias veces, ¿se acuerda?

—Jesús, José y María, no deberíamos hablar de eso, madrina, me da mucho miedo. ¡Pobre prima Severina! Ella dice que no se acuerda de la cara del duende ese. Solo tiene claro que estaba muy enamorado de ella. Se la llevaba para la orilla del río, le decía palabras dulces al oído, le regalaba ramitas secas y semillas para que hiciera collares y coronas. En el fondo, todos creemos que la enamorada era ella, que no se quería regresar. Los hombres salían a buscarla, iban por el borde de la quebrada y la encontraban con las trenzas muy apretadas, adornadas con tallos y flores secas. Vea, madrina, no quiero que me pase lo mismo. Véngase con nosotros. ¡Qué tal que me pierda y nadie me encuentre! Qué tal que allá lejos se me aparezcan demonios y usted, por aquí, sin poder ayudarme.

—Que no me voy, niña. Mejor quédese a conversar otro ratico, mientras pasa su papá a recogerla. Mire, usted ya me hizo acordar de la señora Jesusita. Quién sabe cuál fue el demonio que se la llevó. Ya estaba muy mayor y muy enjuta para que el duende le viera la gracia. A los duendes solo les gustan las muchachitas. Debió ser un espíritu perdido del viejo cementerio indígena. Ella vivía muy cerquita. Esa vez se perdió durante una semana entera. Su marido la buscaba con desespero porque ya era el tiempo de la cosecha y ella tenía que ayudar con la comida de los peones. Por fin apareció a varios kilómetros, desmayada, medio muerta de hambre y de sed. Casi no la pueden devolver a la casa porque ni entre tres hombres la podían cargar. Ella, que no era gorda, ese día pesaba varias arrobas, según cuentan.

—¿Ve, madrina?, por eso le digo, véngase conmigo. No me deje sola en ese mundo tan miedoso. Mire, le prometo que allá lejos voy a ser la primera en levantarme a prender el carbón y a moler el maíz para las arepas. Así, a usted no le tocará tan duro. Ya estoy crecida y tengo las manos fuertes para ayudarle.

—No, niña. Ya le dije, de aquí nadie me mueve. Váyase con los demás. Busque fortuna y vuelva si la dejan. Esos hombres que hoy nos roban las tierras de los mayores, algún día serán castigados. Ya la maldición del compadre José alcanzó a uno de ellos, que se ahogó en el río. Al patrón, ese que nos engañó a todos, le caerá el hechizo de las hormigas. Es el peor, porque es como morir en vida. Ellos se llevarán su merecido y ustedes podrán volver por lo que es de la familia. Yo me quedo aquí, pero la iré acompañando por el camino sin que usted se dé cuenta. Tranquila, que no la voy a dejar sola. Vaya, vuele, yo la cuido desde aquí.

Mientras Cordilia hablaba, se iba haciendo más y más chiquita, escondida detrás de la mesa. A Hortensia la empujaban para afuera y las palabras desaparecían entre la bruma de la madrugada. *Ya vienen las vacas blancas de los coros celestiales. Ángel desventurado...*, repetía Hortensia, caminando al lado de su papá, su mamá y sus tres hermanos más chiquitos, mientras trataba de ordenar, en su cabeza, todo lo que había pasado en los últimos tiempos.

Al principio, dos años atrás, parecía que la vida se les iba a componer a los del pueblo, incluyendo a los de los ranchos regados por el monte. Eso fue cuando llegaron los hombres de las camionetas grandes con vidrios oscuros. Nadie los conocía por esos lados, pero se comentaba que tenían que ver con el nuevo patrón de unas haciendas de más abajo del río. Los hombres llegaron sonrientes, muy amables, y dijeron que querían mejorar los cultivos, el ganado, las casas, los negocios.

Los mayores, los que decidían, se alegraron cuando les trajeron semillas y abonos, alimento para las bestias, tejas para las casas medio caídas, bultos de cemento y ladrillos para construir cobertizos y carpas y neveras para las tiendas y los bares. Nadie se explicaba por qué lo hacían gratis. Decían que tranquilos, que eso era pura colaboración del patrón. Que eso sí, cuando él necesitara un favor, se le tenía que colaborar a él también. Esas eran sus palabras, que en ese momento nadie entendió y que después tantos sufrimientos causaron.

Pronto, las demandas del patrón comenzaron.

—Díganle a la viuda Gertudris, la que vive por los lados del puente, que se tiene que largar de aquí. Ya sabemos que el hijo es informante de la guerrilla y no queremos sapos estorbando. Tiene tres días para empacar lo que pueda y despejar el terreno. Que se lleve al hijo y a el resto de la familia. Que no queden huellas que después perjudiquen al patrón. Ah, de paso, que se dé una vueltecita por la notaría. Ya el abogado tiene unos papeles listos para que los firme. Ahí le van a dar una plata por esa finquita tan empinada y rocosa, donde ni las cabras encuentran qué comer. Solo por la generosidad del patrón le van a dar alguito. Y si quiere dárselas de remilgada, que después no pregunte por el hijo. Ya tenemos órdenes de desaparecerlo llegado el caso.

—Mañana nos reúnen a todas las muchachas entre los catorce y los diecisiete años. Pero eso sí, que sean vírgenes. El patrón no las acepta usadas. Que lleguen con algunos trapos porque se irán con nosotros. Si se portan bien, ya regresarán en su debido momento. Que se bañen, se pinten los labios y se pongan calzones limpios. Al patrón le gustan las sardinitas, siempre y cuando no le salgan desaliñadas.

—Nos hacen el favor de matar una res. Estamos celebrando el cumpleaños de la hija del patrón y queremos llevarle unos buenos cortes. Apuren, que es para hoy, apuren a ver.

Y así, de orden en orden, se fueron adueñando de las niñas, las vacas, las parcelas. Pero lo peor aún no había comenzado.

—Ustedes tres, que se ven tan valientes, esta noche se me van al monte, al rancho de Rafael Hurtado. Ya nos contaron que anda con chismes sobre el patrón de aquí para allá. A ese, le queman, la parcela, el cultivo y el rancho con todos los que estén adentro. El patrón no admite semillas que después lo busquen para vengarse.

Cuando comenzaron las órdenes para que se mataran los unos a los otros, tanto las familias del pueblo como las de los ranchos se negaron a obedecer. Había lazos de sangre, de amistad, de negocios. Entonces tuvieron que empacar sus pocos trastos, pasar por la única notaría del pueblo a firmar con sus huellas dactilares —porque casi ninguno sabía leer ni escribir— las escrituras con las que traspasaban sus tierritas, ensillar las bestias, despedirse de sus animales y salir rumbo a la capital, que casi ninguno conocía, con los corazones destrozados y el pánico a flor de piel.

La última en salir fue la familia de Hortensia, todo por la madrina Cordilia. Con terquedad, se negó a alejarse de su fogón, a pesar de la advertencia de los hombres que iban de rancho en rancho amenazando con masacrarlos a todos si no los desocupaban en el plazo de tres días por haber desobedecido las órdenes del patrón, quien con tanta generosidad les había ayudado.

Hortensia sabía que la madrina tenía poderes contra los espantos, pero no creía que fueran suficientes para esconderse de gente tan perversa. Ya había oído cuentos de otros pueblos, donde esos hombres armados hasta los dientes llegaban a descuartizar a los campesinos frente a mujeres y niños, a hacerles cosas horribles que nadie se atrevía a contarles a las jovencitas. Entre tantas habladurías, se decía que las viejas tenían que sacrificar reses y gallinas para cocinar banquetes de bienvenida. Los hombres luego se reían de ellas y las mataban, dizque porque no les habían servido dulce.

—No se preocupe, niña. Acuérdese de que yo tengo sangre india. Mi abuelo me enseñó el hechizo para hacerme invisible. Nada me va a pasar. No se preocupe por mí, niña. Y si me necesita, llámeme fuerte. Seguro que desde aquí la oiré y la ayudaré. Para eso soy su madrina. Acuérdese de que los muertos no hablan, pero los que han muerto y resucitan sí hablan.

Esas fueron las últimas palabras que le oyó Hortensia a la madrina. Se las aprendió de memoria, aunque no las entendió.

Después, solo estaba el camino.

Capítulo 2
En la esquina

EN EL PARQUE NACIONAL, Tomás no perdía detalle. Desde su estratégica rotonda, vigilaba la esquina de los puestos de comida, el estacionamiento, las canchas deportivas, la avenida, a los paseantes y hasta a los pordioseros, que solo podían instalarse allí si él lo permitía. Tomás cobraba por cada esquina del que consideraba su parque personal, argumentando que "la recaudación", como llamaba a la exigencia ilegal de dinero, era a cambio de protección. Con su afilada navaja, se encargaba de que ni los más antiguos vendedores de comida o de artesanías se opusieran a sus órdenes.

Esa mañana, cuando vio a una jovencita evidentemente pueblerina, con tres muchachitos mocosos, muertos del hambre y berrinchudos, se dijo que les permitiría mendigar allí por unos días. Quería observarlos, a ver si podía sacarles algún provecho a esos andrajosos recién llegados.

Como el parque Nacional no quedaba lejos del cuartucho donde Hortensia vivía con su familia, la joven comenzó a ir con los niños a que se distrajeran un poco y a ver si conseguían algunas monedas. Se sentaban en el borde de un andén. Cuando alguien pasaba cerca, los muchachitos estiraban las manos con cara de hambre. Ella se moría de la vergüenza.

El hambre era real, muy real. Se hacía aún peor al sentir el olor que salía de las ventas de comida: salchichas, chorizos, arepas, mazorcas... Los niños no entendían por qué no podían comer lo que se les antojaba. Cuando vivían en el pueblo, recogían guayabas, mangos y naranjas en los solares, sin que nadie les dijera nada; el hambre no existía, tampoco las peleas por unas sobras.

Muy de vez en cuando, una persona amable les daba una moneda. Entonces se abalanzaban sobre una de las carpas tratando de comprar algo, pero nunca les alcanzaba. Solo al final de la tarde, cuando las ventas estaban a punto de cerrar, lograban que les rebajaran en lo que no habían vendido. Los tres niños se repartían a dentelladas los pocos bocados. Hortensia los miraba con amargura y desesperanza, sin atreverse a pedirles ni un mordisco.

La humillación de pedir plata era lo peor de lo peor para Hortensia. Sentía que la gente que paseaba por el parque era mala, a pesar de sus ropas limpias y bien planchadas, a pesar de sus hijos tan elegantes. Una vez alcanzó a oír que unas señoras muy empiringotadas decían:

—Esta ciudad se nos está llenando de desplazados. ¡Qué horror, qué mugrera! Deberían volver a esos lugares de donde vinieron. Por lo menos podrían esconderse lejos de nuestro parque. ¡Tantos mendigos afean el lugar! ¡Que se vayan lejos con sus harapos y sus malos olores!

La palabra "desplazados" le había dolido a Hortensia como si la hubieran apuñalado. Sí, ellos eran desplazados. Esa era la palabra que usaba su papá cuando ella lo acompañaba a esa oficina llena de gente, tan harapienta como ellos, a llenar papeles y más papeles, sin que nadie nunca les ayudara.

"Le falta el certificado de la Registraduría". "Falta el sello de la funcionaria tal". "No ha llenado esta planilla". "Aquí no hay una firma válida". "Este documento debe ser autenticado en notaría". "Este papel está vencido". "Vaya a la oficina del centro". "Vuelva en una semana". "El director no está para validar esta información".

Y así, de una interminable fila a otra, los envolvían en mil y una triquiñuelas administrativas, sin que las prometidas ayudas del Gobierno para los "desplazados por la violencia", como les decían, llegaran.

A Hortensia le habría gustado que su papá reaccionara. Cuando vivían en el pueblo, era de los más bravos. "El guapo", le decían, con una mezcla de miedo y cariño. Cuando alguien se atrevía a contrariar sus deseos, cuando una bestia vecina se entraba a sus cultivos, cuando se emborrachaba con sus compadres cada domingo, la emprendía contra todo y contra todos.

La furia no pasaba de gritos, amenazas y maldiciones. Una sola vez había amenazado a su mujer, la mamá de Hortensia, pero la madrina Cordilia le había saltado con un tizón prendido, haciéndole saber, con voz recia, que "a las mujeres no se las tocaba ni con el pétalo de una rosa". ¡Santo remedio!

A Hortensia también le habría gustado ser tan valiente como su madrina, que se quedó en el rancho a pesar de las advertencias de los matones del patrón. Si estuviera en la ciudad, se habría enfrentado a esos sórdidos personajes, con sus vestidos de paño desgastado, que se sentaban en los cubículos a rechazar a la gente que llegaba por montones de los campos. Siempre había niños llorando, mujeres cargadas de bultos, hombres heridos, ancianos con ojos llorosos. Los funcionarios no miraban, no levantaban las narices de sus pantallas. La cosa no era con ellos, parecían pensar.

No, Cordilia no les habría tenido miedo a los de la ciudad. En el rancho, dormía en la pieza de arriba, sobre una estera. Abajo, en la cocina, cuidaba el rincón más sagrado del lugar: el fogón de carbón. Desde la madrugada montaba enormes ollas sobre las brasas y esperaba a que calentara el agua para colar el café. Lo endulzaba con panela y luego lo servía a los peones con huevos revueltos, chorizos, frijoles, plátano maduro, caldo de costilla y arepas. Cada hombre se iba satisfecho, comentando lo sabroso del desayuno de la vieja Cordilia y saboreando, de antemano, la comida que ella les serviría al final de la jornada.

La fama de Cordilia llegaba hasta otros pueblos. Se decía que, sin ningún miedo, podía enfrentarse a la Vieja del Monte, el espanto más aterrador de esas tierras. La Vieja del Monte a veces aparecía a eso de la medianoche en su cocina. Con garras de ave de rapiña, raspaba la estufa y se comía los carbones.

Entonces, Cordilia sacaba su arsenal de oraciones y la emprendía a latigazos con el mechón encendido. En una ocasión, la Vieja del Monte quiso defenderse y le mordió la pierna a la madrina. Ella no se acobardó, sino que siguió rezando y dándole latigazos de fuego. La pobre Vieja del Monte, a pesar de ser tan espantosa y temida, se fue llorando. Durante varias semanas, no volvió a meterse en la cocina de Cordilia. A la madrina le quedó la marca de sus colmillos.

En cambio, Hortensia se moría del miedo a los duendes del monte. Y ahora, en la ciudad, cada vez le tenía más desconfianza y temor a esas personas furibundas que deberían ayudarla y solo la regañaban y la hacían sentir vil, estúpida, incapaz de hablar, de gritar que se fueran al infierno con sus malditos vestidos tan planchados. ¿Algún día sería capaz de cantarles las verdades? ¿Cómo, si siempre había sido tan callada y obediente, sacaría fuerzas para exigir? ¿De dónde, si, según su papá, era medio boba?

Después de cada ida al centro de la ciudad, donde estaba la oficina para atender a los desplazados, tanto el padre como Hortensia regresaban cabizbajos, desmoralizados, con rabia, sintiendo impotencia y ganas de volverse malos, de conseguir armas para matar a algunos de esos funcionarios gordos y casposos, a los que no les importaba el hambre de los demás.

Lo más injusto, según ella, era que primero les habían quitado todo y ahora los humillaban.

Por eso, cuando Hortensia aterrizó con sus hermanitos en el parque Nacional y Tomás la envolvió con palabras dulces, helados para los niños y unos paqueticos para ella, de inmediato se enamoró de él. Con la candidez de su juventud, la poca experiencia y la carga de ilusiones cosechadas en las telenovelas, se juró a sí misma que atraparía a ese hombre. Lo embrujaría con el hechizo que usaban sus primas para conquistar novios cuando vivían en el pueblo, tiempo atrás. Que Tomás fuera mucho mayor que ella, no importaba. Mejor así, se dijo la única vez que pensó en ello.

Tenía anotado el hechizo en un papel, con su mala letra. Para qué negarlo, aunque sabía leer, nunca le había gustado el estudio y apenas podía escribir. Pero, para las hechicerías de amor, sí que se había aplicado. Hasta su tía, que era la profesora de la pequeña escuela, la que le prestaba unos libros muy bonitos, la habría felicitado por escribir algo tan largo.

En fin… con buena o mala letra, ahí estaban las palabras necesarias para asegurar el amor de Tomás. Alisando el arrugado papel que había guardado en la mochila mucho antes de despedirse de su madrina, la joven revisó la receta donde había copiado los ingredientes. Son muy raros, se dijo, sorprendida, leyendo la fórmula mágica.

Picadura de alacrán o de araña peluda

3 hojas pequeñas

Se hace masa con la saliva.

Se hacen tres cruces con la picadura.

Luego se reza:

Me picaste,

te piqué,

donde te encuentre, te mataré.

Para que surta efecto hay que botar las

hierbas hacia atrás sin mirar y seguir caminando

sin voltear.

Para finalizar, el nombre del hombre se escribe en

un pequeño espejo y se guarda debajo de la cama.

Cada noche se repite:

Que entre los sueños y ensueños

tú vuelvas a pensar en mí,

porque yo a ti te deseo como hombre para mí.

¡Cómo! ¿Era la mala letra o había oído mal cuando una de sus primas le dictaba a otra las palabras?

Hortensia no entendía casi nada de lo que estaba escrito. Y de lo poco que entendía, mil preguntas se acumulaban en su cabeza. ¿Hojas de qué? ¿Alacranes de dónde? ¿Arañas peludas en esta tierra fría? Sus primas debían estar locas para creer en semejantes cuentos, pensó por un momento.

Sin embargo, se sentía tan enamorada de Tomás, que no se desanimó. Decidió seguir las instrucciones a su manera. Seguro que el hechizo funcionaría. Así, su hombre, como ya lo llamaba, caería locamente enamorado de ella cuanto antes.

Y, ¿dónde, en esta ciudad de cemento, conseguiría un alacrán o una araña peluda? Cuando vivía en la montaña, era fácil, demasiado fácil para su gusto. En invierno, cuando las lluvias desbordaban la quebrada, toda clase bichos, incluyendo culebras, aparecían por aquí y por allá, en particular en el rancho de Cordilia, por estar a las afueras del pueblo.

Las alimañas se metían por debajo de la puerta, se escondían detrás del fogón, aparecían debajo de las esteras. Cuando picaban a alguien, la madrina cubría la herida con el ungüento para evitar las fiebres que ella misma preparaba. En la ciudad, todo se compraba en la farmacia. Solo que ahí no vendían alacranes ni arañas peludas. "Si todavía viviera en el monte, me quedaría fácil atrapar a este hombre", pensó Hortensia, mientras trataba de encontrar una solución a la falta de ingredientes para su hechizo.

No tenía la menor idea de dónde buscar. Cucarachas, ratones, chinches, pulgas y piojos, sí que había. Y en abundancia. Para no darle más vueltas al asunto, Hortensia se decidió por las escuálidas arañitas que dejaban sus telas en el cuartucho donde vivían hacinados ella y su familia. Confiaba en que el hechizo funcionaría aun si modificaba pequeñeces.

Haciendo de tripas corazón, como decía su mamá, con tristeza de matar arañitas inofensivas, cazó unas cuantas y las deshizo con una cuchara de palo. Guardó las minúsculas briznas en una caja de fósforos y salió a la calle. Por allí no había nada verde, ni árboles, ni matas, solo cemento y asfalto. ¿Dónde encontraría hojas? Escarbando en el basurero, aparecieron unas flores resecas que un día habían sido amarillas.

Tres flores, tan deshechas como las arañas, fueron a dar a la caja de fósforos.

Ya están listos los ingredientes, no era para tanto, pensó Hortensia. Luego escupió abundante saliva en la palma de su mano, regó el polvo de arañas y flores, hizo un amasijo pegajoso y se persignó tres veces, tal y como decía la receta.

A escondidas, agarró el pequeño espejo que su madre conservaba como un tesoro desde su infancia. Ahí escribió "Tomás", como mejor pudo, con la punta del pintalabios, también de su madre, y metió todo debajo de la almohada de trapos viejos.

Tomás ya no se le escaparía jamás. Ella daría la vida por él… y él por ella…

"Por lo demás, Tomás me va a sacar de aquí, ya no aguanto la vida en este cuartucho", decidió Hortensia. Su mayor deseo era tener una cama o una estera para ella sola; un colchón propio, no compartido con sus hermanos, que se orinaban cada noche mientras que, en el colchón de al lado, sus padres se apretaban entre ruidosas exclamaciones que le producían arcadas pues bien sabía lo que sucedía de ese lado de la habitación.

"Tomás es mi hombre. Él me va a rescatar —se repetía, convenciéndose a ella misma, una vez terminó su ritual mágico—. Tomás es mi hombre. Daré la vida por él y él dará su vida por la mía".

Capítulo 3
En el parque

EL PARQUE NACIONAL se convirtió en el refugio de Hortensia. Apenas amanecía, organizaba a los niños, ayudaba a despejar el cuartucho, se limpiaba y escogía los harapos menos rotos. A media mañana, decía que los hermanos necesitaban tomar sol, aunque estuviera lloviendo. Ya no acompañaba a su papá al centro, con la disculpa de que se mareaba en las largas fila.

De día en día, Tomás se acercaba más a Hortensia. Les regalaba helados a los niños, que ya lo saludaban con adoración. A ella le entregaba unos paqueticos. Sin que fueran abiertos, iban a parar al fondo de la mochila. Le daba pavor que los niños o su papá se dieran cuenta del gran amor que se tenían ella y Tomás, según se convencía a sí misma.

"Para algo me ha de servir esta muchacha –pensaba Tomás por su lado–. Es tan tonta, tan ingenua, apenas abre la boca. ¿De dónde habrá sacado tanta simpleza? Mejor así, de esa imbecilidad es que me voy a aprovechar. Que me la gano, me la gano. Luego, ya veremos qué hacemos con los niños. A ver, ¿qué le regalo hoy? Cualquier cosa, porque ni siquiera mira lo que le doy".

Ni los regalos ni los helados que le daba Tomás, cada vez que iba al parque con los niños, le quitaban el sueño a Hortensia. Sus desvelos, sus angustias, tenían que ver con sus dientes.

"¿Y si me besa? ¿Y si se me caen los dientes?".

Hortensia creía saberlo todo sobre el amor. Las largas conversaciones con sus primas y las telenovelas le habían enseñado que las bellas mujeres se besaban apasionadamente con los bellos hombres. Ella se sentía fea, desarrapada y nunca había besado a un adulto. De solo imaginar que otra persona la besaría, sentía escalofríos, sobre todo por culpa de sus dientes.

Ese miedo lo acarreaba desde los doce años, cuando por fin, después de varios intentos, Salomón Pinchadientes le había ganado la batalla. Ni la madrina ni los rosarios que rezó durante días ni las escapadas al río ni apretar la boca, con tanta fuerza que casi no se la logran abrir, lograron evitar la mayor tortura de su vida.

A Hortensia le habría gustado olvidar aquellos días terribles. Sin embargo, cada vez que separaba los labios para comer, para hablar, para toser, para lo que fuera, la avalancha de recuerdos se le atravesaba. Su memoria llegaba hasta Cordilia, que tanto sabía, que tanto cuidaba de la gente del pueblo y sus alrededores, pero que se negaba a ser dentista. "Yo no meto la mano en la boca de nadie, esa es una porquería", decía.

En una enramada frente al rancho, Cordilia tenía su consultorio, como lo llamaba. Nadie más que ella podía atenderlo. Si estaba ocupada en la cocina o con sus cultivos, el consultorio permanecía cerrado. Aquí viven mis secretos, rezongaba. Y secretos eran los que tenía: una baraja bendecida para echarse la suerte ella misma, pues jamás le adivinaba a los demás; los frascos con las pócimas y los menjurjes para todo, desde picaduras de serpiente hasta bebedizos para el mal de ojo; un antiguo fusil de los tiempos de la guerra civil; pastillas para la tos, el dolor de cabeza y de panza; además de otros misteriosos objetos que solo ella podía tocar.

A la única que dejaba entrar de vez en cuando, para ayudarla con tareas pesadas, era a Hortensia.

—Venga y me ayuda, niña. Solo me ayuda y luego sale, cerrando la boca para que los secretos no salgan volando por los caminos. Amistad con todos, confianza con ninguno. –Hortensia oía, veía, callaba. Por eso la madrina decía que era su consentida.

En su refugio, la madrina recetaba pastillas y pociones para cuanto mal sufrían los habitantes del pueblo. "¿Cómo sabe tanto?", se preguntaban a veces los vecinos. "Nunca falla en la receta", se contaban de voz a voz. "Tal vez es bruja", decía un cándido recién llegado, sin precaución ni delicadeza. "No le vuelva a decir bruja, a Cordilia nadie la irrespeta", la defendían hombres y mujeres, agradecidos por sus cuidados.

La sabiduría de la madrina corría de boca en boca. Lo que más les impresionaba a algunos era que sabía leer y escribir. Los mayores de por ahí no habían aprendido.

Cordilia sí sabía, porque, cuando era niña, la mandaron al pueblo como sirvienta del alcalde. Mientras los hijos del señor hacían las tareas, ella los acompañaba. Desde el primer momento, se le despertó el fervor por aprender las letras que a los hijos de sus patrones les parecían tan difíciles. Con impaciencia, se esforzaba en memorizar, en transcribir los símbolos; en el solar, usaba un palo a manera de lápiz y escribía sobre la tierra húmeda de rocío. Unía sonidos con sonidos hasta que tuvieran sentido. Así, la madrina aprendió a leer antes que los niños, pero, por fortuna nadie se dio cuenta.

—Los peones y los indios no deben saber. –Oyó que decía una vez un amigo del alcalde–. ¿Qué sería de nosotros si esos indios leyeran? Nos acabarían –había rematado.

A los dieciocho años, Cordilia regresó al rancho.

—Ya los niños están muy crecidos y se cuidan solos –le dijeron los patrones–. Tome estos billetes, cómprese algo en el pueblo y vuelva a su casa. –Esa fue la despedida. Ese fue todo el dinero que recibió por años de servicio. Apenas le alcanzó para antojarse de un vademécum y una Biblia que compró en la única papelería del lugar.

—Están en oferta, dos por el precio de uno –le ofrecieron.

"No necesito trapos ni aderezos para la vida en el rancho", se dijo, sin ninguna duda, "unas lecturas me sirven más". A la luz de las velas se leyó tres veces cada uno de los gruesos libros y fue entonces cuando comenzó a recetar, combinando los conocimientos de sus estudios:

—Esta pastilla le sirve para el mal de ojo. Apenas se la trague, dice tres Padrenuestros que estás en los cielos. Luego se toma un purgante por tres días y le reza tres rosarios a la virgen María. La clave está en el número tres —remataba con energía y convicción.

La madrina decía que no creía en iglesias ni curas, que esos eran inventos de los godos. Sin embargo, a veces mezclaba la ciencia con salmos, otras veces con baños y limpias.

—No se deje creer que no puede tener hijos. Espere y lo verá. El sábado de Gloria se tiene que bañar en la quebrada, echándose tres baldados de agua en la cabeza. Ese remedio es bendito. Para la próxima cosecha estaremos bautizándole al muchachito. Y tenga cuidado. Cuando llega el primero, después no hay quien pare a los mocosos. Se multiplican y en un abrir y cerrar de ojos ya tiene una docena.

—Ay, no, tantos no. Yo solo quiero cuatro o cinco que nos cuiden cuando estemos viejitos. Unos buenos muchachos que siembren la tierra y recojan las cosechas. Unas hembras que trabajen de sol a sol, como yo. Solo cuatro o cinco, que la comida no alcanza para tanta boca.

—Bueno, mire a ver. Ya le digo.

Entre purgas que combatían las impurezas y los males de amor, entre ensalmos e invocaciones para evitar castigos divinos, entre pastillas e inyecciones de penicilina, que encargaba a la ciudad para ahuyentar dolores e infecciones, Cordilia mantenía la salud de los vecinos. Eso sí, con los males de la boca no se metía. Decía que sus libros no enseñaban nada de dientes y muelas, que tampoco tenía el instrumental necesario y que eso le daba mucho asco.

—Aquí nadie se lava la boca, ¡qué porquería! —repetía con insistencia.

Para los males de la boca, como decían por allá, estaba Salomón Pinchadientes. Salomón Pinchadientes aparecía por el pueblo cada seis meses con su maleta cargada de tenazas, tenacillas, pinzas, jeringas, tubos, inyecciones y otros pertrechos de tortura. Llegaba en burro. La madrina le ofrecía al hombre un jergón de paja para que se acostara en cualquier rincón del segundo piso, y al burro lo amarraba frente a una montaña de paja para que comiera cuanto quisiera. Esta era su forma de darle la bienvenida a este forastero.

A la llegada de Salomón Pinchadientes, Cordilia escribía, en un arrugado cuaderno, la lista de los vecinos que serían atendidos por el improvisado doctor, que llegaba como un ángel caído del cielo o como un demonio, según cada quien, para aliviar sus dolores. Solo dejaba por fuera a los menores de doce años. Esos no han acabado de cambiar los dientes de leche, decía con aire de científica experimentada.

Los pacientes se alineaban a la entrada del rancho. Salomón pedía que le prestaran una bacinilla de peltre y, a medida que sacaba dientes y muelas, "sin dolor", tal y como anunciaba en el descolorido aviso que instalaba frente a una silla reclinable y desarmable que usaba a modo de sala de cirugía, dientes, colmillos y muelas caían en el sanguinolento envase. Cuando este se llenaba, el dentista caminaba con parsimonia hasta la quebrada, y los regaba. La orilla quedaba adornada con las piezas dentales de los vecinos, como piedritas blancas y rojas traídas por la creciente del río. Los niños se divertían clasificándolas:

—Este diente tan feo es el de la señora Soledad.

—Esta muela con huecos es la de don Primitivo.

Y ese juego macabro los entretenía durante tardes enteras.

Salomón Pinchadientes no le daba ninguna importancia a la calidad de sus servicios. Todo el mundo sabía que la anestesia era agua mezclada con aspirina. Los gritos y chillidos de los pacientes se oían hasta la montaña, pues, por supuesto, la anestesia no era anestesia. Lo peor era que, sin mirar cuán sucia estuviera la boca de sus clientes, Pinchadientes llenaba su jeringa, aplicaba una inyección al primero de la fila y, en teoría, mientras la medicina hacía efecto, se acercaba al siguiente, llenaba de nuevo la jeringa, sin limpiarla, lavarla o desinfectarla, e inyectaba la anestesia en la boca de turno.

A Hortensia, que había aprendido en la escuela de su tía los principios básicos de la higiene, le sorprendía que sus vecinos no se infectaran los unos a los otros, pues sabía que por allí nadie usaba crema ni cepillo.

Año tras año, Hortensia miraba desde lejos, con terror, el siniestro espectáculo de Salomón Pinchadientes. Después de la cirugía, los pacientes se levantaban con las caras descompuestas, deformes, devastadas, repulsivas, pero agradecidas porque ya nunca más, para toda la eternidad, serían víctimas de un dolor de muelas. "Es un disparate –pensaba Hortensia– a mí no me convencen con ese cuento, yo no me dejo sacar mis dientes", se repetía con ingenuidad infantil.

A pesar de sus propósitos y promesas para sí misma, ese año la atraparon.

Su papá fue el que la advirtió:

—Niña, ya tiene doce años y ya se desarrolló. Para terminar de crecer y estar lista para comenzar la vida, haga fila y espere el turno para que le arreglen la boca. No quiero que después me venga con excusas para no trabajar, diciendo que le duelen las muelas.

¿Qué le iban a sacar los dientes? Arreglarse la boca quería decir quedarse sin una sola pieza dental. No, no, la peor pesadilla de Hortensia estaba a punto de cumplirse. ¿Qué hacer? Llorar, gritar, rogar, suplicar no le serviría de nada. Su papá era terco como una mula, y estaba convencido de que el santo remedio para futuros males era pasar por la sala de cirugía de Salomón Pinchadientes. Hortensia se fue para el monte y se escondió en una cueva. "Aquí no me encuentra ni el patas", se dijo, sin convencerse.

A la caída de la tarde, sus primas llegaron brincando y le dijeron que atrás venía su papá, furioso, con un lazo para amarrarla, que de él nadie se burlaba, que no toleraba la desobediencia. Hortensia temblaba.

Al rato, ya en la destartalada dentistería, su papá la amarró a la silla y le dijo:

—Abra la boca y cállese. Compórtese como una señorita aquí, frente al doctor. No quiero más payasadas de su parte.

Hortensia lloró, pataleó, gritó, mordió, apretó la mandíbula hasta que no pudo más. Las tenazas implacables de Salomón Pinchadientes hicieron su trabajo de principio a fin.

—En mi próxima visita le traigo una caja de dientes –prometió el cirujano, con una sonrisa que para nada alegró a Hortensia.

Durante los seis meses de espera de la tal caja de dientes, Hortensia se encerró en el rancho de Cordilia. Prefería cocinarles a los peones antes que salir con sus primas y sus amigos. Dejó la escuela, dejó todo. No quería que nadie viera su boca desnuda. Siempre había sido de poco hablar. Sin dientes, no decía ni una sola palabra. Casi no comía. Solo leía y releía un libro que su tía, la profesora, le llevó a su encierro: *El conde Drácula*, que contaba las hazañas de un vampiro que, no solo tenía su dentadura completa, sino que atacaba a sus víctimas con unos afilados colmillos que ningún Salomón Pinchadientes se atrevería jamás a arrancar.

La familia la visitaba a veces. Sus primas la invitaban a jugar, su papá le ordenaba trabajar, su mamá la miraba con lástima y le sonreía con su boca desdentada, pues también había sido víctima del mismo método supuestamente preventivo. Nada sacaba a Hortensia del rancho de Cordilia. Quería quedarse a vivir ahí para siempre.

Después de una eternidad, al fin volvió su verdugo con la caja de dientes. Como no le había tomado medidas, el aparato no se ajustaba bien a su boca. Durante semanas, mientras Hortensia se acostumbraba, tuvo que tomar pastillas que le daba Cordilia, pues sus encías no soportaban el maltrato y el dolor. Sin embargo, lo peor era mantener los dientes en su lugar. Hortensia no podía reírse porque la caja se desprendía. Lo mismo le sucedía al comer y al hablar. Nadie se burlaba de ella, pues por lo menos la mitad de los vecinos sufría del mismo mal. Más bien, los hombres hacían chistes los domingos, después del mercado, cuando ya estaban borrachos:

—Mis dientes se parecen a los del difunto don Jeremías. Mire los suyos, deben ser de la señora Concepción, la que murió de parto hace tres años. Tenemos dientes de muertos.

Así pues, cuando Hortensia se enamoró de Tomás, el miedo a que le diera un beso y se le cayeran los dientes, la atormentó desde el primer momento. ¿Qué tal que quisiera besarla? Hasta ahora se había conformado con rápidos, tímidos y casi inaudibles "gracias". Pero seguro alguna vez tendría que decir algo más. Los algo más que veía en las telenovelas del televisor comunitario de la pensión, eran besos apasionados y escenas muy románticas.

"Se me van a caer los dientes. Después ya no me va a querer", se repetía con una angustia que le quitaba hasta el apetito, ella que vivía muerta del hambre recién llegada a la ciudad.

Capítulo 4
En el tiempo de los regalos

"SE VA A DAR CUENTA, SE VA A DAR CUENTA", se angustiaba la desvelada Hortensia, apretando los dientes con la ilusión de que se le pegaran para siempre a las encías y no se le volvieran a escurrir.

—Quieta, niña, no sé qué le pasa. Lleva tres días bailando más que un trompo toda la noche. ¿Fue que se enamoró o qué? –se quejaba el papá–. Ni se le ocurra. Usted no está para andar coqueteando por ahí, con cualquiera. Mucho cuidado, muchachita. Ya le dije a los niños que la vigilen, no sea que dé un mal paso y nos dañe la vida más dañada de lo que está. Oiga bien lo que le digo, no me vaya a traer por aquí otra boca para alimentar, ¿entendido…? Su madrina la libraba de unos buenos correazos, pero ya ella no está para malcriarla. Oiga bien lo que le digo y le repito…

"Este se cree que me manda", respondía Hortensia para sus adentros, con su rebeldía adolescente recién estrenada, intentando quedarse quieta en la cama, intentando conciliar un sueño imposible. "Yo sé quién me va a salvar de usted, papá, yo tengo a Tomás", se repetía como un mantra redentor, pensando en los regalos que le daba ese extraño hombre del parque, el amor de su vida.

Entre las sábanas orinadas, compartidas con sus hermanitos, Hortensia pensaba en sus encuentros en el parque. Tomás, ya sabía que se llamaba así, le hacía unos guiños que ella no alcanzaba a entender. Encima de todo, la sorprendía con regalos que ella no miraba ni preguntaba por qué se los daba. Cada vez que llegaba al parque a pasear con los niños, él se acercaba con helados y le entregaba unos paqueticos envueltos en papeles arrugados. Ella se moría de ganas de abrirlos, pero no se atrevía. Ese hombre rudo, de melena trenzada, que parecía ser el dueño del parque, la sobresaltaba, la sorprendía por su audacia.

Hortensia lo veía actuar. Pedía propinas a los dueños de los carros estacionados en las calles estrechas del parque. Brincaba de un lado a otro, saludando por aquí y por allá. Apenas sentía que algo se movía, casi volaba para que no se le escapara el cliente sin darle al menos una moneda. Cuando no le parecía justa la paga, lanzaba una maldición.

El asunto se atenuaba cuando el dueño del automóvil era una mujer bonita. Entonces la propina era recibida con sonrisa de oreja a oreja, aun si era poca. Si no le daban nada, Hortensia veía que el supuesto cuidador sacaba una pequeña navaja del bolsillo y le hacía una profunda ralladura al carro de turno.

—Esos ricachones tacaños se lo tienen bien merecido –decía para justificarse frente a la muchacha, tímida y evidentemente provinciana, que lo miraba con ojos asombrados.

Desde el primer paseo al parque, Hortensia había sentido sobre ella las miradas de ese hombre. Creía que la espantaría del lugar, como hacían los vigilantes de los edificios a donde a veces se arrimaba a descansar con sus hermanitos. El hombre solo la miraba.

Como al tercer día, por fin le había hablado. Sus primeras, melosas, palabras fueron:

—Oye, bonita, recíbeme estos helados que les compré a los niños, se ven con hambre. Y no me vayas a salir con que son tus hijos, porque una preciosidad como tú no puede tener otro marido más que yo. Las gitanas me dijeron que estás destinada a ser mi mujer y así ha de ser.

Hortensia había bajado los ojos, sintiendo que sus mejillas ardían. Esperaba que los niños no se dieran cuenta y no entendieran lo que ese loco le decía. ¿Cómo así que sus hijos? Ella apenas tenía quince años. En fin, no era mucho lo que ella misma entendía, pero no quería que él lo notara.

—Gracias –le había contestado en voz muy baja. No podía negarse a recibir los helados, porque los niños ya los devoraban como si se estuvieran comiendo el mundo.

—Gracias, nada. Los helados no son para ti, son para ellos. Para ti es esto. Y me llamo Tomás –había dicho, alegremente, el muchacho–. Adiós, nos vemos mañana. Tengo que correr a la parte de arriba del parque. A esta hora hay juego de pelota y los clientes se multiplican. Voy volando a sacarles las propinas.

A partir de ese día, le daba helados a los niños y a ella le pasaba unos paqueticos, unos regalitos, según le decía guiñándole el ojo. A Hortensia le temblaban las manos al recibir los envoltorios inesperados. Los arrugaba y los metía al fondo de la mochila, entre trapos, papeles, galletas y toda clase de objetos extraños que sus hermanitos almacenaban sin ton ni son. Los niños, enloquecidos con sus helados, no se fijaban en lo que pasaba entre Tomás y Hortensia. Ella se moría de miedo de que contaran en la casa que le había recibido algo a un desconocido. Si su papá se enteraba, le prohibirían las salidas.

Los paquetes secretos jugueteaban en la mente de Hortensia de día y de noche. "¿Por qué ese señor me da regalos? No, no es un señor, es Tomás, es mi hombre, me ama y yo lo amo a él", comenzó a mezclar realidad e ilusiones en su cabeza. "¿Por qué no me ha preguntado cómo me llamo? ¿Por qué me dice bonita?".

Más allá del aturdimiento que le producían los regalos, la obsesión de Hortensia era su boca. "¿Y si me besa? ¿Y si se me caen los dientes?". Las fantasías del amor se le confundían con la maldición que cargaba desde la aparición de Salomón Pinchadientes, tres años atrás. Cuando estaba frente a una persona desconocida, apenas se atrevía a contestar unas palabras si le preguntaban algo, y solo en casos de extrema necesidad. Sonreír, jamás. Los dientes de difunto que llevaba en su boca eran un tormento del que no podría liberarse.

Unos días después del primer paquete, Tomás había preguntado si le gustaba el regalo.

—Toma, esto también es para ti. No me digas que nunca vas a mirar lo que te doy con tanto cariño –le había dicho, de nuevo con un guiño de ojo, notando que metía de inmediato el envoltorio en el fondo de la mochila, sin intentar abrirlo.

—Gracias –le había contestado Hortensia, con una voz que casi no se oía, con unos ojos que no se despegaban de la punta de sus zapatos.

—Ya sé, ya sé, delante de tus hermanos no puedes hablar. Yo entiendo a las mujeres, no creas. He aprendido de psicología en la universidad de la vida. Mira, vamos a hacer una cosa. Llévate a los niños a la casa. Luego dices que se te quedó algo aquí, en el parque, y te vienes sin ellos. No digas nada, solo sigue mis instrucciones. Vas a ver lo bien que estaremos los dos, sin niños que se metan en nuestro camino.

La propuesta de Tomás le había parecido una locura a Hortensia. ¿Le estaba pidiendo que se fuera de la casa a escondidas? ¿Acaso sabía cómo se llamaba? ¿Qué pasaría después? ¿A dónde la llevaría? ¿Qué diría su mamá? ¿Llorarían los niños al ver que no regresaba? Si su papá se daba cuenta, le daría la paliza de su vida, aunque nunca antes le hubiera pegado. Una locura, sí, eso era. Tomás estaba totalmente chiflado. Y ella también, porque, a pesar de sus dudas, la tentación de obedecerle era increíblemente fuerte. Más fuerte que la razón.

"Nada malo me puede pasar con Tomás", se decía Hortensia, convencida de que el hechizo de sus primas, con arañas de jardín trituradas, aseguraba el amor de Tomás. "Él me quiere y yo lo quiero. Es el amor de mi vida. Me da tristeza dejar a mis hermanos. Pero el amor es así, eso también lo he aprendido en la universidad de la vida. Mejor dicho, en las telenovelas".

Sin pensarlo más, Hortensia empacó sus pocos trapos y una peinilla. No necesitaba cepillo de dientes. Bastaba con quitarse la caja y enjuagarla bajo el chorro de agua para sentirse limpia. Sin decir nada, se escabulló del cuartucho, caminó hasta el parque, se plantó frente a Tomás y, sin despegar los ojos del suelo, le dijo con una voz casi inaudible:

—Ya estoy lista para irme a vivir con usted.

Por una vez, Tomás quedó sin palabras del asombro que le producían estas palabras. Él no esperaba que esa tonta muchacha, incapaz de hablar, le siguiera el juego. La había invitado solo por ver su reacción. A él le gustaba su carita de niña perdida, para qué negarlo. Le encantaba sentir la admiración en los ojos de las mujeres que seducía.

Pero, de ahí a engancharse y dejar que lo atraparan, había un gran paso. Ni siquiera sabía su nombre, ni su edad, ni nada. Tampoco sabía de su familia, apenas la veía con esos niños andrajosos, muertos de hambre. ¡Qué tal que le saliera un papá furibundo, a matarlo por seducir a su inocente cría! "¡Qué estúpida es!, ¡cómo se dejó engatusar tan fácilmente! –pensaba–. Bueno, ya que está aquí, le voy a sacar el jugo. Me la voy a llevar y de algo me ha de servir. ¡Qué niña tan estúpida! ¿A qué hora me dio por hacerme el interesante con ella?".

Entonces, Tomás le dio la mano a Hortensia y casi la arrastró a su cuartucho.

Capítulo 5
En casa de Tomás

AL LLEGAR AL CUARTO DE TOMÁS, Hortensia se sorprendió al ver que era tan sucio, oscuro y siniestro como el que acababa de abandonar. Sin embargo, trataba de sonreír, con los ojos siempre mirando las puntas de sus zapatos.

—A ver, bonita. Dime por lo menos cómo te llamas. –Fueron las palabras más dulces que Hortensia llegó a oír de Tomás a partir de ese día.

El terror que le tenía a los besos se desvaneció pronto. Tomás jamás la abrazó ni la besó. En las telenovelas, Hortensia veía que el hombre alzaba en brazos a la amada, que le daba besos apasionados y que luego se acostaban en una gran cama, muy acolchonada, con sábanas limpias, pétalos de rosas regadas por la habitación, velas grandes, medianas y chiquitas iluminando cálidamente los primeros besos impetuosos de la pareja.

Así imaginaba su ingreso a la nueva vida con ese hombre que cada vez le parecía más guapo. Todo le daba un poco de miedo, sobre todo por los dientes, pero también le hacía mucha ilusión sentirse como esas hermosas protagonistas de sus programas favoritos.

Pero los planes de Tomás iban en contravía. "A esta niña no la dejo dormir en mi cama, que se aguante en el suelo", decidió al llegar al cuartucho, después de atravesar un laberinto de otros cuartos de una casa tétrica, sucia, maloliente.

Nada más entrar, le mostró a Hortensia unos cojines en un rincón y le dijo que ahí podía dormir. Luego le ofreció leche, pan y un huevo y se acostó en una cama destartalada, que por lo visto nadie tendía. Tomás se acomodó con un celular que no dejaba de manipular. Hortensia, desde su esquina, alcanzaba a oír músicas y gente hablando y a Tomás soltando grandes carcajadas de cuando en cuando.

Por supuesto, Hortensia no pegó el ojo en toda la noche. Se sentía obligada a estar feliz al lado de ese Tomás que ni le había dado las buenas noches, que se había volteado de espaldas sin recordar que ella estaba ahí. Por otro lado, se angustiaba por su mamá y sus hermanos.

El papá no la preocupaba tanto. Era muy regañón. A toda hora los gritaba. Le tenía rabia porque la había amarrado cuando Salomón Pinchadientes le destrozó la boca. Ella ni lo odiaba ni le tenía mucho cariño. Si desaparecía de su vida, poco le importaría. "Hasta mejor estar lejos, sin que nadie me mande", se consoló, intentando quedarse dormida.

Muy de madrugada, Tomás se revolcó en su jergón. Hortensia se alegró. Por fin la miraría, le hablaría, la trataría como a su novia. Tal vez le diría una palabra de amor que ella, por supuesto, no contestaría, pero que le aliviaría el alma en medio de la confusión en la que se encontraba.

Por el contrario, las primeras palabras que Tomás le dirigió la sorprendieron:

—¿Ya estás lista, muchacha? ¿Cómo así? ¡Todavía acostada, como una rata perezosa! Es hora de salir a trabajar. ¿Dónde están los regalos que te di? Sácalos de esa porquería de mochila, tan cochina que va a salir caminando sola. Esos paquetes son los que nos van a sacar de pobres dentro de poco, ya lo verás. O me haces millonario, o no sé lo que te hago yo a ti.

Con el corazón encogido, tratando de no arrugar más las ya arrugadas envolturas, Hortensia abrió los paquetes que Tomás le había dado en el parque. En uno había unas medias de señora, algo que ella no sabía usar, que solo había visto en los anuncios de la televisión y en los almacenes. En el otro paquete, encontró un pintalabios de color muy rojo, unas cintas, rojas también, y una peinilla.

"Ahora es que van a servir esas frivolidades robadas que le regalé a la tontarrona a ver si se mejoraba alguito", pensó Tomás, empujando a Hortensia para que se apurara.

—Rapidito, muchacha, no tenemos todo el día. Anda a lavarte al baño comunitario, que queda al otro lado del patio. Cuando estés limpia y no huelas a mico, te pones el vestido de flores que usas a veces. Tienes que peinarte con tus trenzas de siempre y amarrarlas con los lazos rojos. Te pintas los labios y te pones las medias. Así quedarás bien. Nos vamos a trabajar, rapidito, muchacha, rapidito.

Salir de la sombría habitación, atravesar el laberinto de cuartuchos malolientes de esa gran casa con un patio central, dejó totalmente desconcertada a Hortensia. Hombres, mujeres y niños deambulaban con cara aburrida, en algunos casos, o desconsolada, en la mayoría. Los ancianos parecían tener un sitio preferencial en las pocas y desvencijadas butacas recostadas bajo un árbol que en su tiempo debió ser frondoso y del que ya no quedaban sino unas ramas secas. Los viejos no hablaban. Solo miraban al vacío, con ojos perdidos en sus diálogos interiores y en quién sabe qué recuerdos lejanos.

Hortensia caminaba con la mirada baja, no respondió a uno que otro "Buenos días" de las señoras mayores, tampoco les sonrió a los niñitos que correteaban de aquí para allá, tratando de llamar su atención. Tras un par de vueltas por los laberintos de la casona, Hortensia por fin encontró el baño comunal.

Cuando vivía en el pueblo, como no había letrinas en casi ninguna casa, ella y sus amigos se bañaban y hacían sus necesidades en el río. Tenían prohibido hacerlas en la tierra porque los cerdos se comían los excrementos y la carne quedaba contaminada. Tiempo atrás, cuando, por milagro divino, una brigada de salud mandada por el Gobierno había subido hasta allá, había declarado que la mayoría de los pobladores sufría de una enfermedad de nombre muy raro, cistinosequé, que era una lombriz solitaria, como repetían los vecinos, y que por eso había tantos ataques de epilepsia, en especial entre los niños.

En el solar de la casa de Hortensia sí había baño. Era una enramada con un hueco profundo y una ducha con agua lluvia recogida en un tanque. Solo una cortina, que el viento movía de adentro para afuera, protegía un poco a los ocupantes del destartalado baño. Por eso, el río era el lugar preferido. Había espacio para todos, sin turnos ni afanes.

En cambio, frente a la puerta del baño de esa casona a donde la había llevado Tomás, Hortensia encontró una larga fila de personas de todas las edades, en toda clase de fachas. Unos hombres llevaban apenas una corta toalla amarrada a la cintura. Otros, iban vestidos de la cabeza a los pies, incluyendo sombrero, zapatos y medias. Las mujeres se parecían más entre sí: casi todas llevaban una bata y unas chanclas. Todas tenían jabones, champús, menjurjes, cepillos, estropajos y unos pequeños espejos de mano. Como solo había dos baños, uno para bañarse, otro como sanitario, los gritos, los insultos, las amenazas, los afanes, producían un alboroto insoportable.

Haciendo de tripas corazón, como decía su mamá, Hortensia aguantó callada el largo rato que tuvo que esperar en cada una de las filas, preguntándose cómo se asearía Tomás, quien se había quedado en la habitación. "Tal vez esa puertica de la izquierda es su baño propio", se imaginaba, mientras rogaba que pronto le tocara el turno de orinar porque de lo contrario se mojaría en la fila, delante de todo el mundo.

Mientras tanto, mil y una preguntas se agolpaban en su cabeza. ¿Se iban a hacer ricos con unos lazos rojos y con unas medias de seda? ¡Se tenía que pintar los labios con el colorete! ¿Qué dirían su papá, su mamá, su madrina, hasta los niños si la vieran en semejante facha? Una imagen, venida de muy lejos, se le apareció de golpe a Hortensia.

—Ahí van las firifiú –gritaban las señoras un domingo de mercado, allá en el pueblo–. Tápenles los ojos a los niños. Que las niñas no aprendan malas mañas –se afanaban las mujeres.

—¿Quiénes son las firifiú? –preguntaba Hortensia, loca por enterarse de lo que pasaba. Había dicho que tenía que ir al solar a hacer una necesidad para acercarse a la puerta de atrás, pues los tenían encerrados en la casa. Desde allí, asomada por un resquicio de la cerca, asombrada, había presenciado el mejor espectáculo de su vida.

Las firifiú eran unas elegantes señoras que desfilaban por el puro centro de la calle principal, a paso lento, alegre y bailarín. Los hombres las miraban, les decían palabras bonitas y silbaban a su paso. Ellas llevaban los labios, los cachetes y los ojos muy pintados, los labios con rojo muy rojo. Además, tenían en las cabezas cintas de colores vistosos, entrelazando sus melenas de manera nunca antes vista por Hortensia. A ella, las firififí le parecieron muy bonitas y elegantes.

Lo que más le llamó la atención, fueron las sedosas medias que llevaban las populares señoras. Ella nunca había usado medias. A veces, solo en ocasiones especiales, como en los bautizos o los entierros, se ponía chanclas, jamás medias. Mucho menos, medias tan elegantes. La madre de Hortensia tenía un pintalabios rosa pálido, el único adorno que usaba para ir a misa. Su papá nunca dejaría que la mujer se embadurnara la cara con semejante rojo tan intenso.

En medio de sus recuerdos, al fin Hortensia pudo entrar a la ducha y arreglarse tal y como Tomás le había ordenado. Al regresar al cuarto, ya lista, este la miró de arriba abajo, le silbó y Hortensia se sintió como una de las firififí de domingo en el pueblo. No supo si alegrarse o no. Seguía preguntándose cómo se harían millonarios. ¿Acaso las firififí eran ricas?

Dejó de hacerse preguntas, al ver la hosca mirada de Tomás, impaciente por su tardanza.

—Vamos, vamos, no tenemos todo el día. Ya negocié una esquina en el centro de la ciudad para cuidar carros. Al parque no podemos volver. No quiero dejarle pistas a tu familia. En el centro, yo cuidaré carros y te vigilaré para que trabajes como debe ser. No quiero jugarretas, ni tuyas ni de ningún patán que se nos atraviese. Vamos, apúrate. Quedaste presentable. Así te quería —sermoneaba Tomás, mientras se decía a sí mismo: "Uf, vamos a ver si puedo sacar algo de esta andrajosa. No sé a qué hora se me ocurrió coquetearle e invitarla en chanza. Mi mamá siempre me decía que las mujeres eran las que me perdían. Pues no, a esta mujercita le voy a sacar lo que no le he sacado a las otras. Mi mamá se tragará sus palabras en el fondo de la tumba".

¿Trabajar? ¿Vestida de esta manera? ¿Con medias y lazos rojos en las trenzas? Si tenía que cuidar carros con Tomás, ¿por qué quería que se pintara los labios? Para Hortensia, el trabajo era descalza, con el barro de los potreros y la ceniza de la cocina. No se atrevió a preguntar. Sólo dijo gracias, con la duda de si "presentable" era un halago o un insulto.

"Tomás me quiere, dijo que me iba a cuidar de los patanes. Yo ya sabía que el hechizo de mis primas era poderoso. Nunca he querido a nadie como a Tomás y él ya está perdidamente enamorado de mí. Lo quiero más que a la madrina y que a mis hermanos. A la vaca pintada, a ella también la quería mucho", se hablaba a sí misma Hortensia, intentando justificar los malos modos de su nuevo compañero. No se atrevía a reconocer la gran equivocación que había cometido. No sería capaz de caminar ni de hablar ni de comer si se confesaba que Tomás solo pretendía utilizarla quién sabe para qué y que la trataba como su papá. No, mucho peor. Por lo menos su papá nunca la había empujado para que se apurara.

Emperifollada, como cualquier firififí, Hortensia se fue para el centro con Tomás, sin buscar más respuestas. Ya la vida le contaría lo que necesitara saber.

"Agua, llévame —se dijo, recordando la frase mil veces repetida por sus primas cada vez que se enamoraban—. Agua, llévame hasta donde tengas que llevarme, que yo me dejo llevar. Eso sí, siempre y cuando sea con Tomás".

En el camino, le pareció oír a un pájaro que le decía shu shu. Intentó detenerse. Sabía, por su madrina, que las brujas buenas hacían sus llamados cantando shu shu.

"¡Esa bruja buena me está mostrando un camino!", quiso decirle a Tomás para que se detuviera un momento.

Cordilia dividía a las brujas entre buenas, perversas y sabias.

Las brujas sabias eran las mujeres más viejas de los pueblos, las que más experiencias y conocimientos tenían. Sabían sobre los poderes del bien y del mal; del amor y la traición; del corazón y la razón; de la felicidad y la desgracia; de la bondad y la soberbia; de la honradez, la dignidad, la lealtad y la adversidad. Eran las únicas que podían recetar pócimas para la pasión, para el consuelo, para la justicia. También, si el castigo era necesario, sabían cómo destruir, desatar plagas y pestes, catástrofes, amarguras, desolación. Si uno buscaba a una de estas brujas, era necesario obedecerlas al pie de la letra, seguir sus instrucciones, a riesgo de ofenderlas y convertir en maldición la fortuna que uno había ido a buscar.

Las brujas perversas eran mujeres coquetas, locas por robarle el marido a las otras mujeres, aunque fueran sus mejores amigas. Se disfrazaban de animales en las noches oscuras, nunca en luna llena, y se iban al monte en busca de los cazadores que perseguían tigres, venados, conejos, micos o pájaros, alimentos muy apreciados para complementar la cosecha: cualquier cosa sirve para llenar el buche, decían los mayores. Así, disfrazadas, enredaban a los hombres, los perdían y demoraban meses en devolverlos, agotados, flacuchentos, hambrientos, sin ganas de trabajar. Para descubrirlas, la costumbre era dispararles sin matarlas. Al día siguiente, cuando alguna vecina aparecía herida justo donde le habían disparado la noche anterior, cuando parecía un animal, se descubría quién era la mala mujer.

Las brujas buenas ayudaban de buena fe a los caminantes. Podían ser patos, gavilanes, gallinas o guacamayas. Aparecían de día o de noche, cuando alguien estaba perdido. Cantaban shu shu y el extraviado tenía que seguirlas. Si el camino estaba muy malo, las brujas esperaban más adelante, en la entrada al puente, por ejemplo, con su shu shu como pista permanente. ¡Cuántas veces los vecinos del caserío habían regresado a casa a salvo, gracias a estas buenas mujeres vestidas de aves! Hortensia siempre había querido averiguar los secretos para convertirse en una de ellas y así poder volar, libre, por encima de los demás.

—Las brujas solo se hacen brujas cuando son mayores. Las niñas no pueden convertirse en brujas. Todavía no tienen la sabiduría ni la experiencia para usar los poderes –le había explicado la madrina mientras recogían las cenizas del fogón, muy de madrugada, pues ya los peones llegarían por su desayuno antes de empezar la jornada en el campo.

—¿Usted es bruja, madrina?

—¡Cómo se le ocurre decirme semejante barbaridad, niña! Tenga respeto. Yo me baso en la ciencia. Para que sepa, yo podría darles clases a todas las brujas del mundo. Esas no son sino unas charlatanas. Yo estudio en mi vademécum y con eso es que receto. Además, me sé la Biblia de principio a fin. ¡Faltaba más! ¡Decirme bruja a mí! ¡Atrevida!

—Algún día voy a ser bruja –se prometió Hortensia, a pesar de las palabras de la madrina. Y volaré por los cielos gritando shu shu. ¡Algún día!

Por lo pronto, lo único que podía hacer era seguir a ese joven que tantas órdenes le daba. Tomás no se detuvo y ella apuró el paso. Amaba a Tomás y Tomás la amaba a ella. "No es el momento de desviar el camino", decidió, apretando los dientes, apretando el paso tras su hombre.

Capítulo 6
En la oficina

AL SALIR A LA CALLE CON TOMÁS, Hortensia se esforzó por memorizar las calles del barrio donde vivía desde la tarde anterior. Un par de cuadras más allá de la casona, se llevó su primera y desagradable sorpresa: había un cementerio, lo que más miedo y repugnancia le producía en el mundo. De inmediato se sintió otra vez niña, a los siete años, acompañando a la familia al cementerio del pueblo. Ese día no iban a enterrar a un difunto. Por el contrario, iban a desenterrar a los abuelos, quienes, según escuchaba a los mayores, ya habían cumplido su tiempo bajo tierra y por eso sus restos debían trasladarse a un osario detrás de la iglesia.

—Hay que sacar a los muertos del cementerio. Las fosas son muy caras y siempre hay un difunto esperando el turno de ocupar el lugar –había dicho su papá. Con infantil ingenuidad y humor, Hortensia había preguntado:

—Y entonces por qué se reza "por el eterno descanso" si al cabo del tiempo lo sacan a uno de paseo.

—Usted se queda callada, no haga preguntas estúpidas. Y no se mueva de este punto. Los niños no se pueden acercar a los cadáveres. Les puede entrar el frío

de la muerte en el cuerpo y luego tenemos una tragedia. —Fue la brusca respuesta de su papá, y nadie más se
ocupó de responder sus dudas. Ni ella ni los demás entendían esas cosas de los difuntos y su frío mortal, pero,
por lo visto, los adultos tampoco. Así que lo mejor era
no preguntar. De eso no se hablaba, solo se sabía.

"¿Y para qué me traen?", recuerda haber pensado
en ese momento. Por supuesto, nadie oyó su alegato
mudo y nadie le contestó. Los mayores ya estaban en
la tarea de remover la tierra de las dos tumbas, pegadas
una a la otra, en busca de algo muy misterioso.

—Niños, tómense un trago de aguardiente y pón-
ganse pañuelos con alcohol en la nariz para que ni el
frío ni el olor se peguen en sus cuerpos —dijo una de las
mujeres, algo más cariñosa que el resto de los mayores presentes. Los niños la miraron con sorpresa, pues
nunca les habían permitido probar el aguardiente. Solo
podían tomarse los restos de las cervezas, mientras los
hombres se emborrachaban en la tienda del pueblo los
días de mercado.

El olor, ese olor que de repente se esparció por
todo el lugar, jamás lo olvidaría por más aguardiente y
alcohol que le hubieran dado, por más tiempo que hubiera pasado. Tampoco olvidaría el horrible espectáculo
de unas trenzas grises mezcladas con tierra y trozos de
madera podrida que salían de uno de los agujeros.

—A la comadre Ardenis la enterraron viva —había gritado una vieja desdentada—. Miren, está volteada
para un lado, como tratando de salirse del hueco.

¿Volteada en la tumba? ¿Enterrada viva? A Hortensia le pareció que esta era la peor pesadilla que alguien podría vivir, mucho peor que quedarse sin dientes o encontrarse con la Vieja del Monte a medianoche. ¿Cuánto tiempo habría durado la bisabuela viva en ese infierno, sabiendo que ya nadie la sacaría del hoyo? ¿Por qué no se habían fijado bien antes de enterrarla?

Había oído decir que, como no había médicos por los alrededores, las muertes no se certificaban y que un cadáver era un cadáver, ¿para qué darle más vueltas? Pero esa noche, en la cocina, los mayores comentaron que a veces se confundían los síncopes y las apoplejías con la hora final, que ya habían pasado muchos sustos cuando el fallecido de turno se levantaba confuso en la mesa de velación, que era la misma mesa del comedor, donde la familia comía el resto del tiempo, preguntando la hora o diciendo que tenía hambre.

Para completar el horror del día del cementerio, alguien, Hortensia ya no recordaba quien, había repartido los restos de los difuntos, carcomidos por los gusanos. Su papá, al parecer el más importante de la familia, envolvía en algodones, con esmero, trozos de dedos. Luego los metía en pequeñas cajas. Cada hijo, sobrino, nieto, tenía derecho a guardar un recuerdo de sus antepasados. Por fortuna, para Hortensia no alcanzó ni una uña. Se habría muerto del asco. Días después supo que su mamá había quemado en el fogón su pedazo de cadáver porque no soportaba encontrárselo por ahí a cada rato.

—Esa señora no era de mi familia, no tenía por qué guardarlo. —La oyó decir cuando su marido le preguntó dónde lo guardaba—. Mi suegra me hacía la vida imposible. ¡Faltaba más que yo la fuera a respetar! Esa porquería de dedo se fue derechito a la candela —contestó con rabia.

Ahora, caminar por el cementerio, en medio de criptas y difuntos desconocidos, que tal vez también tenían trenzas y dedos malolientes, le parecía un desafío a Hortensia. Por primera vez, desde su huida con Tomás la tarde anterior, quería regresar con su familia.

El estómago se le revolvió.

"Voy a pedirle a Tomás que me compre ingredientes para hacerme una aguadepanela bien cargada de limón. Necesito purgarme y sacarme bichos e impurezas. Deben ser los malos pensamientos que se me han metido al alma", decidió, sin darle más oportunidades a sus ganas de vomitar.

Al fin y al cabo, no era hora de enfrascarse en sus recuerdos. Ahí estaba su hombre, apurándola, para que se le borraran las dudas de devolverse.

—Listo, ya llegamos. Ahora tienes que ponerme mucha atención. No me vayas a quedar mal. Mira que me salí del parque, donde me daban buenas propinas, solo por ti. Ya veremos si eres tan inteligente como pareces —le dijo Tomás, pocas cuadras más adelante.

El corazón de Hortensia dio un vuelco cuando oyó que Tomás le decía inteligente. Habría preferido una palabra más cariñosa, más amorosa, pero, en el fondo, esta le bastaba para ponerse a sus pies, para obedecerle en cuanto le ordenara. Era el amor de su vida, ¡para qué inquietarse, para qué pedir más!

"Vamos a ver", se decía a sí mismo Tomás, por su lado, escudriñando los repletos locales del centro, las tiendas, cafeterías y, sobre todo, las calles y callejuelas, los balcones y terrazas, las rutas de escape en caso de emergencias y contingencias. "Tengo que estudiar cada detalle, que no se me escape nada. Con tal de que esta muchachita no me salga más tonta de lo que parece o cobarde o, peor aun, moralista". Tomás necesitaba una carnada para sus fechorías y, a pesar de su desprecio por la joven, en ese momento, le parecía la mejor de las carnadas.

Hortensia algo reconocía de ese sector del centro de la ciudad. Había ido a las oficinas donde se suponía que ayudaban a los desplazados, donde los humillaban y les pedían más y más documentos después de hacer filas por horas. Al principio todo le daba miedo. Tanto carro, tanto bus, tanta gente, tanto ruido, tanta algarabía y, sobre todo, tanta mala cara entre los que pasaban a su lado la habían sorprendido. Ahora, aunque no le gustaba, todo eso le parecía algo natural.

Los domingos del pueblo también eran de ruidos infernales. Motos, gritos y música a todo volumen, arrojada por los enormes parlantes de las cantinas, las tiendas y los almacenes, la aturdían. Por eso, prefería ayudar en la casa de la madrina. Ordeñaba, cocinaba para los peones, hacía toda clase de oficios, antes que ir al centro los domingos de mercado. De vez en cuando la obligaban, como Tomás la obligaba en este momento.

—Bueno, a trabajar. Lo que ganes hoy será para comprarte unos zapatos decentes. Con medias de seda y chanclas te ves fatal. Vamos a trabajar. Esta cafetería será tu oficina. Solo tienes que sentarte aquí, bien tranquilita, haciendo cara de niña buena. Esconde los pies debajo del mantel. Mientras no tengas zapatos, es mejor así. Toma estas monedas para que pidas un café negro, nada más. Si quieres desayuno, te lo tienes que ganar.

Hortensia no entendía. ¿Oficina? Esa cafetería bulliciosa nada tenía que ver con las oficinas del Gobierno donde atendían, sin atender, a su familia. ¿Zapatos nuevos? Ya tenía medias de seda. Ya tenía la cara pintada como las mujeres que entraban y salían de los numerosos locales de esas calles. Hombres con ojos maliciosos seguían sus movimientos y susurraban frases que ella prefería no oír.

En medio del bullicio, Tomás seguía dando órdenes que Hortensia intentaba entender.

—Pide un café y tómatelo muy despacio. Espera a que un señor se siente a tu lado. Entonces, tú le sonríes. Yo estaré afuera, vigilándote, ¿oyes? Pon atención a lo que sigue. Cuando un señor te ofrezca algo, tú pides un desayuno completo, con dos huevos, dos arepas y doble tajada de queso. Una parte será para mí. ¿Qué crees? Yo también tengo hambre.

—A mí no me gusta comer tanto –se atrevió a hablar Hortensia por primera vez–. Me hace daño, me da dolor de barriga.

—A mí qué me importa si te hace daño. Te comes la mitad porque te la comes –se alteró Tomás–. Así el cliente se alegrará y comenzará a proponerte cosas. Lo único que tienes que hacer es sonreír y comer, ¿entiendes? ¡¿O eso te parece muy difícil?! A ver, dímelo de una vez y hasta aquí llegamos. Me devuelvo al parque y tú resuelves tu vida como te dé la santa gana. Eso sí, en caso de que te quedes, ni se te ocurra fallarme, ¿entendido? Cuando hayas terminado tu parte, envuelves el resto del desayuno en servilletas diciendo que por ahora estás llena y que más tarde terminarás. Esa será mi comida. Para terminar, dile al señor de turno que tienes un hermano muy bravo, que lo tienes que llamar para que no se vaya a aparecer por ahí. Con carita de ángel, le pides prestado el celular. El resto del trabajo me lo dejas a mí. Vamos a ver. Acomódate y sonríe. Ya sabes, desde la puerta te estaré mirando. Hoy es el primer ensayo. Después, ya veremos cómo mejoramos el libreto. ¡Y mucho cuidado con no seguir mis instrucciones al pie de la letra!

Sin entender lo que se esperaba de ella, Hortensia se sentó. En la mesa de al lado, vio a una mujer joven y gorda, con un vestido muy escotado, sentada con las piernas abiertas. La falda, tan apretada y corta como la camiseta que usaba, dejaba ver la ropa interior de un rojo encendido. La mujer fumaba un cigarrillo y botaba el humo por la nariz. Por un momento, Hortensia creyó ver la imagen de su madrina, sentada al pie del fogón de carbón, a la caída de la tarde, fumando un grueso cigarro, con la punta encendida dentro de la boca, prediciendo su futuro.

—Niña, niña, cuídese de los malos hombres. Usted ha de caer bajo por culpa de uno de esos. Cuídese de los malos hombres.

La voz de la madrina retumbaba en la cabeza de Hortensia justo en el momento en que un hombre extraño se sentó a su lado.

—¡Qué niña más bonita! Eres nueva por aquí –dijo el extraño, mientras ponía una de sus manos sobre el hombro de Hortensia–. A ver, muchachita, vamos a desayunar y a conversar. Quiero que me cuentes toda tu vida. Quiero oír tu voz, que debe ser tan bella como tus ojos.

A Hortensia nunca nadie le había hablado así. Aparte de su familia, nadie la tocaba, menos un desconocido.

"Niña, niña, cuídese de los malos hombres. Usted ha de caer bajo por culpa de uno de esos. Cuídese de los malos hombres".

La voz de la madrina seguía retumbando en sus oídos. El humo del cigarro que fumaba hacia adentro era tan oscuro como los dientes de esa persona que ahora tenía al lado. Con asco, Hortensia quiso levantarse y salir de allí. Apenas movió la silla, la mirada amenazante de Tomás la atravesó. Quedó inmóvil, con su mano bajo la mano del desagradable hombre que la apretaba como la garra de un gavilán.

—Primero lo primero –dijo el hombre–. Vamos a desayunar y después pensamos en algo bien sabroso, algo que nos una. Se te nota en los ojos que necesitas el cariño de alguien como yo. ¿Qué quieres, muchachita? Tienes una cara de hambre como de tres días.

Hortensia no tenía hambre. Más bien sentía una mezcla de náuseas, miedo y ganas de salir corriendo y no detenerse hasta llegar a su pueblo. Por otro lado, los ojos de Tomás la miraban fijamente desde la entrada de la cafetería. Hortensia tenía que obedecer. Con voz apagada, pidió el desayuno doble que le había ordenado ese, su hombre, el que se había convertido en su dueño desde esa misma mañana.

Al contrario de lo que creía Tomás, a Hortensia no le quedó difícil aprender a robarles a los incautos que le ofrecían desayuno. En el pueblo, desde niña, tenía que ayudar, como decía su papá, a alimentar a la familia. De cuando en cuando, si llegaban parientes de otra parte, Hortensia tenía que conseguir, en algún gallinero vecino, un buen pollo para hacer el sancocho. En su casa había huerta, pero su mamá se había negado a criar gallinas.

—Eso es una porquería. El olor a rila es inaguantable. A mí no me pongan a cuidar bichos de esos que ensucian todo a su paso y que hacen una alharaca infernal –solía repetir, solo para llevarle la contraria a su suegra Encarna, la abuela de Hortensia, a quien no soportaba por mandona, chismosa y malhablada, según sus propias palabras, repetidas cuando su marido no la oía.

Sin pollo para el sancocho era imposible atender a un visitante. Así pues, Hortensia, como hija mayor, era la encargada de rebuscarse un animal.

—Ya en el pueblo me miran con cara de ladrona. Sospechan que yo soy la que me llevo los pollos. Un día de estos me los van a cobrar y yo no tengo ni para comprarme un par de chanclas. ¿Cómo voy a pagar esas gallinas que ni siquiera me dejan probar? Los sancochos son para las visitas y para los mayores. A nosotros nos dicen que hagamos un caldo con las plumas. Además, a mí no me gusta robar, madrina. El cura dice que uno se va al infierno y que ahí lo queman con candelas eternas –le contaba a Cordelia.

—No le pare bolas al cura. Esos son embelecos de rezanderas y de godos. Y sí, tiene razón, niña. Robar tiene un problema: que la cojan. Apréndase lo que le voy a enseñar para cuando tenga dudas en la vida. Apréndase bien la lección, niña: vergüenza es robar y que la agarren. Si se deja coger, niña, será humillación para la familia. Ahí verá si aprende mañas para que no la agarren.

De robar gallinas, Hortensia había pasado a conseguir golosinas para sus hermanitos en las fiestas y ferias del pueblo. Un poco más grande, con sus primas y sus amigas, conseguían coloretes y pintauñas de colores estridentes… que nunca se atrevían a usar para que no les dijeran firififí. Cuando bajaban al río, por el camino saltaban las cercas y arrancaban frutas maduras de los árboles de la finca del patrón, mientras los perros las perseguían. Ellas corrían, muertas de la risa, cargadas con la merienda hábilmente conseguida.

Así que robar los teléfonos móviles y las billeteras de esos señores que se sentaban a su lado, siempre en una cafetería distinta, no la fueran a reconocer, mientras sonreía y mostraba las piernas embutidas en las medias de seda y los zapatos que Tomás le había comprado con lo obtenido el primer día de trabajo, era tarea fácil. Pedía un gran desayuno y, mientras envolvía la mitad, decía que se tenía que ir antes de que llegara su hermano que era muy bravo. El señor de turno casi siempre refunfuñaba y sacaba la billetera, pidiendo la cuenta. Ella, con voz llorosa, pedía prestado un momento el teléfono para avisar que estaba demorada.

Justo en ese instante, cuando ya tenía el celular en la mano y la billetera estaba a la vista, Tomás aparecía como de la nada, gritando enfurecido.

—¡Atrevido!, ¿cómo se le ocurre meterse con una menor de edad? Voy a llamar a la autoridad y lo voy a acusar de acoso sexual a una niña. ¡Qué tal! Ya no puede uno descuidarse ni un minuto porque los hombres se aprovechan de la hermanita. Y usted, muchacha, aprenda a ser decente, aprenda a comportarse. Ya ve lo que le pasa por andar con los labios pintarrajeados y esas medias de mujerzuela. Le he dicho mil veces que no salga así, que uno de estos días se me va a aparecer con una barrigota. Salga de aquí y váyase derechito para la casa. ¡Ay, de que la vuelva a ver en estas!

Hortensia, con cara de terror, salía corriendo, celular o billetera en mano, o ambos, además del desayuno guardado en la mochila, a todo lo que sus piernas le permitían. Sabía dónde esconderse. Tomás corría en sentido contrario, más rápidamente todavía. Dos horas más tarde, se encontraban en el callejón oscuro que les servía de refugio.

Del trabajo en las cafeterías, poco o nada le quedaba a Hortensia. A veces, si la billetera robada estaba gorda y pesada, se atrevía a sacarle monedas. Una vez incluso se arriesgó a sacar un billete. Se moría del miedo de que Tomás la esculcara y descubriera lo que hacía. Siempre podía decir que había cogido las monedas de la propina dejada por el cliente. O que eran los vueltos de la compra, pues Tomás la mandaba a la tienda a conseguir lo de la comida. Debajo de los trapos que le servían de colchón, camuflaba, en un agujero que había cavado en la madera, la bolsa plástica con sus insignificantes ahorros.

"Uno de estos días me compraré una caja de dientes bien bonita", soñaba Hortensia. Una caja de dientes era lo único que ambicionaba desde los doce años. Quería sonreír sin miedo, reírse a carcajadas, conversar, sin el terror de que la caja de dientes se le desprendiera en mitad de una palabra… o de un beso.

Desde que se había mudado con Tomás, él no le hablaba más de lo necesario, para darle órdenes o regañarla, la mayoría de las veces. No la tocaba, no se acercaba a ella, como si oliera mal o estuviera infectada.

"¿Cuándo me besará como en las novelas? Apretaré los dientes para que no se me caigan. Quiero un beso de amor apasionado", se decía de cuando en cuando, recordando lo que sus primas contaban de los primeros besos a escondidas. "Un beso es un secreto que se dice en la boca y no en los oídos", decían, soltando grandes y pícaras carcajadas, con las mejillas muy coloradas. Hortensia quería conocer esos secretos, siempre y cuando sus dientes no la hicieran quedar mal.

El negocio de Tomás era vender los celulares que Hortensia robaba. También se quedaba con todo el dinero que encontraba en las billeteras. Cuando estaban encerrados en el cuarto, Tomás pasaba las horas jugando con alguno de los equipos que aún no había vendido. Ella no tenía derecho a usar ninguno. Se aburría enormemente y añoraba a sus hermanitos.

¿Dónde estarían? ¿Habrían regresado al pueblo? ¿Comerían bien? ¿Quién los llevaría al parque? Las preguntas se agolpaban en su cabeza. Añoraba su vida anterior. Hasta el colchón compartido que los niños orinaban todas las noches le hacía falta.

Una vez se le había pasado por la mente la idea de dejar a Tomás, de buscar a su familia. Una vez, nada más. Esa noche Hortensia imaginó su fuga, sabiendo, en el fondo, que no sería capaz de irse. No podía moverse sola por la ciudad pues se perdería. Las monedas ahorradas no le alcanzarían para nada ni siquiera para un bus que, además, no sabría tomar. ¿Dónde montarse?, dónde bajarse en esta ciudad tan grande, sucia, miserable, ruidosa, desconocida y cruel? Tomás la encontraría y la mataría. A sus hermanitos también.

—Si te escapas, te busco y te mato. También mato a tus hermanos. ¿Oíste?, oíste bien. Eres mía. Ni se te ocurra irte –la amenazaba Tomás y ella temblaba de miedo.

Llorar, Hortensia no lloraba. Desde que Salomón Pinchadientes le había arrancado toda la dentadura, había jurado no volver a llorar por nada. Pero se sentía tan resquebrajada como el día en que los hombres armados del patrón los obligaron a salir del pueblo.

Ella sabía de lo que Tomás era capaz. Una vez, en una de tantas cafeterías, el cliente de la mañana había notado el engaño que entre los dos le hacían y los había enfrentado.

—Devuélvame mi celular y mi cartera, ladrona. Y usted, joven, ni crea que me voy a dejar atracar por unos muchachitos –alcanzó a decir, antes de que Tomás, sin escrúpulo alguno, le clavara un puñal en el estómago y huyera por los recovecos del centro.

Hortensia también había corrido, como acostumbraba. Tenía buen entrenamiento y no la pudieron alcanzar, a pesar de los gritos de alerta de los empleados y de los otros clientes. Durante algunas semanas, en lugar de ir al centro, fueron a un barrio cercano a la casona, pero ahí la clientela no valía la pena. Ella trataba de olvidar a su cliente malherido, pero en las pesadillas se le aparecía ensangrentado, cayendo al suelo, tal y como lo había visto antes de huir. Con frecuencia se preguntaba si estaría vivo o muerto.

"Si Tomás lo mató, ya es un alma en pena. Va a venir a buscarme para vengarse. Mejor le encomiendo su alma a la virgen del Carmen. Ella es la abogada de la buena muerte y de las ánimas del purgatorio".

—Ese hombre no alcanzó a arrepentirse. Necesita más oraciones que los demás. –Fue capaz de contarle un día a Tomás–. Iré al cementerio vecino a prender velas para que el hombre me deje en paz. –Fue todo lo que alcanzó a decir, antes de que una mirada fulminante la callara.

La tontería provinciana de Hortensia no dejaba de molestar a Tomás.

"¡Ay!, uno de estos días esta muchachita me meterá en problemas con su mojigatería. Es más rezandera que beata de pueblo. Así debe ser su familia y así será ella en el futuro. Porque novio, lo que se dice novio que la quiera y se case y le fabrique mocosos, no consigue ni aquí ni allá. No es que sea fea, es que no tiene alma. Vivimos juntos y no le conozco ni los ojos ni la voz. A duras penas los ronquidos. Porque para roncar sí que tiene fuerza", eran los insidiosos pensamientos de Tomás hacia Hortensia.

A él, ninguna de sus víctimas le quitaba el sueño o la tranquilidad.

Capítulo 7
En el cementerio

LAS LARGAS VISITAS al cementerio comenzaron un lunes. Por lo general, Hortensia no tenía que trabajar ese día, mejor dicho, no tenía que ir a la oficina del centro a atracar a los clientes incautos. Tomás se iba solo a vender a los revendedores de los barrios bajos de la ciudad los celulares expropiados, como decía él, burlándose de sus víctimas.

Hortensia no tenía ni idea de cómo funcionaban los negocios, no sabía los precios, no conocía a nadie, no preguntaba cuánto ganaba Tomás. Cuando se le rompían las medias de seda, anzuelo necesario para pescar hombres en las cafeterías, Tomás gritaba y amenazaba, pero llegaba con un nuevo par. Los domingos, le entregaba un jabón y la obligaba a limpiar el cuartucho y a lavar la ropa de los dos.

—No puedes andar por ahí como una pordiosera. La clientela se espanta con una mocosa maloliente. Lava tus trapos… y los míos de paso.

Lo cierto era que Hortensia solo recibía algunos pesos para las compras de comida. La tienda quedaba justo frente al cementerio y el camino más corto atravesaba su callejuela central, bordeada de tumbas, estatuas, nichos y criptas. Para evitar el paso por este lúgubre lugar, Hortensia prefería dar un gran rodeo por la avenida bulliciosa, aunque se cansaba de caminar tanto con las pesadas bolsas de la compra.

Uno de tantos lunes, se encontró con una manifestación de estudiantes que lanzaban piedras, impidiendo el paso por las calles exteriores. A la fuerza, Hortensia tuvo entonces que usar el camino más corto, el del cementerio. Así, aprendió a cruzar las puertas de hierro forjado, donde parecía dormir eternamente un ángel que la amenazaba con su guadaña afilada.

Debajo de este ángel había un letrero que se aprendió de memoria: "Aquí terminan las vanidades de este mundo". Ella saludaba tímidamente a la inquietante figura, como si estuviera viva, para que no la atacara por la espalda mientras recorría el barrio de los acostados, como decían en el pueblo sus primas mayores, riéndose de los difuntos.

Luego, miraba las estatuas, que parecían agradecer su visita, y les pedía permiso para caminar por su territorio. Al fin, despacio, entre saludo, permiso y agradecimiento a los personajes de piedra, llegaba a la tienda. El camino de regreso era todavía más lento, pues debía detenerse con frecuencia para cambiar de mano las canastas con las compras.

Un lunes, mientras esperaba que la atendieran en la tienda, con su habitual timidez, se atrevió a preguntar:

—¿Por qué hay tanta gente? ¿Por qué está tan lleno el cementerio? Casi no hay entierros, pero han entrado y salido personas toda la mañana.

—¡Qué pregunta! –dijo una mujer mayor que también estaba comprando, persignándose–. ¿Acaso no sabe que el lunes es el día del Ánima Sola? Esa ánima bendita que tantos milagros nos hace. Mire, tiene que rezarle y hacerle promesas para que se le cumplan los deseos. A las buenas almas que ya están en el cielo no vale la pena rezarles por su salvación, pues esas ya se salvaron. A los que fueron pérfidos, menos. A esos no los salva nadie y se quemarán en las llamas del infierno por siempre jamás. En cambio, la pobre Ánima Sola y las demás ánimas que aún se consumen en el fuego del purgatorio necesitan de nuestras oraciones a ver si al fin pueden salir del castigo de los siglos. Si le reza los lunes al Ánima Sola, ella le agradecerá concediéndole amor, fortuna, viajes, lo que quiera, lo que le pida.

—Amén —remató la tendera, persignándose también y olvidando al resto de la clientela por oír la perorata de la vecina, que parecía encantada de darle una lección a una pobre ignorante como Hortensia.

¡El Ánima Sola! ¿Sería de las mismas ánimas del pueblo? Los recuerdos asaltaron a Hortensia. De repente, se vio en la iglesia del pueblo una tarde cualquiera.

—Ánimas del purgatorio, ¿quién las pudiera ayudar? –sonaba la voz del cura en uno de los aburridos crepúsculos del santo rosario.

—Que Dios las saque de penas y las lleve a descansar –contestaban en coro mujeres y niños. Los hombres solían quedarse en el atrio, con la disculpa de que tenían temas importantes para conversar.

Por su mente pasó esa vez en que, ya grandecita, había preguntado quiénes eras las tales ánimas, tan apenadas y necesitadas de ayuda.

—Niña, ¡calle! De estas cosas no se habla, solo se cree –había contestado con tono de misterio su mamá–. Sepa y entienda que solo le contaré la historia una vez. ¿Usted tiene fe, niña? Si no me va a creer, ni para qué le cuento.

De una vez, sin esperar una respuesta de Hortensia, casi sin respirar, le había soltado la historia completa, con más pelos y señales de los que la niña hubiera querido escuchar.

—Las ánimas del purgatorio son los pecadores comunes y corrientes. Son como nosotros, que no cometemos pecados mortales, solo veniales; no matamos, apenas robamos pequeñas cosas y decimos mentiras blancas. Como en el purgatorio viven muchas almas, hay unas más importantes que las otras, igualito que aquí en la tierra, niña, igualito. La principal es la del Ánima Sola, que no es una santa consagrada ni aceptada por la Iglesia, sino el espíritu de una pobre mujer condenada a sufrir el fuego hasta la eternidad. Dicen que en vida se llamaba Celestina Abadengo y que se negó a darle agua fresca a Jesucristo. Como se moría del miedo por los castigos de los judíos, escondió su cántaro y no le ofreció nada. En cambio, sí les alcanzó de beber a los compañeros de Jesús en el patíbulo del Calvario. ¡Imagínese semejante pecado! Por eso fue castigada con la pena de andar errando sin poder detenerse en ninguna parte. Y así seguirá por los siglos de los siglos, envuelta en una llamarada eterna.

¡Mentiras blancas, pecados veniales! Hortensia había entendido a medias esa larga historia de una condenada. Se imaginaba a una muchacha como ella, cansada de ordeñar, cocinar, recoger pesados baldes de agua en la quebrada, cortar leña. Se veía a sí misma, corriendo de un lado para otro mientras gritaba y se quemaba por decir que se le había regado el agua del cántaro por un tropezón el día en que las amigas y ella se habían escapado a robar mangos en la finca vecina. Ella también se volvería un ánima del purgatorio por contestarle mal a don Matías, el día en que la encontró medio borracha en las fiestas patronales. Entre las confusas imágenes, Hortensia había dicho:

—¡Ay, mamá!, me da lástima esa señora Ánima. ¿No dicen que Dios perdona a todos los pecadores? Eso dijo el cura cuando pasó recolectando fondos para una ermita que le están construyendo al niño Jesús, allá en la loma.

Al oír mencionar al cura, la madrina, que dormitaba en un rincón de la cocina, había levantado la cabeza, rezongando:

—Nada de lástima. Hay pecados imperdonables. Usted no es nadie para juzgar qué se puede perdonar y qué no. Y al cura no le haga caso. Él predica, pero no aplica. Dicen que la mitad de lo que nos saca para su tal ermita, se lo guarda bien guardadito. Por eso las obras no adelantan. ¿No ve que ya lleva cuatro años inaugurando la primera piedra y hasta ahora no se ha visto la segunda?

A Hortensia no le gustaba que la madrina hablara mal del cura. El padre Filemón, que hablaba enredado y que decía que era de un país llamado Bélgica, subía un par de días al pueblo todos los meses. Ahí se quedaba, en un rancho viejo y desocupado que le habían organizado las beatas, al que llamaban la casa cural. A Hortensia, el cura Filemón le parecía viejo y feo, pero cantaba muy bonito. A ella le había regalado zapatos para que no hiciera la Primera Comunión en chanclas, cuando cumplió los once años. Con voz suave le había dicho:

—A ver, Hortensia, ya te volviste una señorita y es tiempo de que seas más devota. Tienes que rezar con frecuencia. Te espero este viernes después de misa para darte lecciones de historia sagrada. Luego, me acompañas un ratico. Es que es triste pasar las noches tan solo en esta casa cural. Mira, tengo unos zapatos que le traje a mi ahijada, pero ella es muy descreída y no me visita. A ti se te van a ver bonitos los pies. Aquí te espero, no se te olvide.

El padre Filemón había sido muy cariñoso con ella y le había enseñado a adorar a Dios con devoción. Le daba sorbos de un vino sabroso, dulzón. Luego se sentaba en una butaca alta y la hacía arrodillar al frente, con la cabeza inclinada apoyada en sus piernas. Ella oraba mientras él le acariciaba la cara, la espalda. Por más que intentara mantenerse despabilada, siempre se quedaba dormida en esa posición. No sabía cuánto tiempo pasaba. Al rato, él la despertaba y le decía ya te puedes ir hija mía, te espero dentro de un mes, cuando yo vuelva a este pueblo. Era un buen cura. Siempre le creería las enseñanzas, a pesar de lo malhablada que era la madrina.

Pero esos eran los tiempos de antes. Ese lunes, después de la breve conversación en la tienda, a Hortensia le quedó resonando el largo discurso de la señora mayor, quien, de paso, le regaló una estampa. La imagen la asustaba. Era de una mujer, joven, desnuda de la cintura para arriba, que miraba al cielo con los brazos en alto. Parecía gritar como pidiendo perdón, como pidiendo piedad. El resto del cuerpo no se veía, pues estaba envuelto en llamas, las terribles llamas del purgatorio que algún día la quemarían a ella también por sus mentiras blancas y sus pecados veniales.

Pensando en el cliente apuñalado, Hortensia decidió rezarle al Ánima Sola. Iría todos los lunes a hacerle promesas. No rogaría por el amor de Tomás, que cada día la trataba peor. Rogaría por las víctimas de las cafeterías y por ella misma. Lo que más quería era huir, volar, y no sabía cómo. Además, rezaría como ñapa, pediría fortuna para comprarse una bella caja de dientes, a su medida, para hablar, reír, buscar a su familia sin miedo, regresar al pueblo.

A partir de ese día, pasaba la semana entera, de lunes a lunes, orando, aunque su madrina le había dicho que eso no servía para nada.

—¿Cree que Dios, la virgen, los santos o los ángeles tienen tiempo para una infeliz como usted, niña? Ellos solo atienden a los ricos, a los que pagan misas, f!ores para las iglesias, estatuas doradas. ¿Por qué cree que los curas se ven siempre tan gordos, tan panzones? Por la plata que nos quitan a los pobres.

Desde su rincón del cuartucho, Tomás la oía mascullar y se preguntaba qué estaría tramando esa tonta. A veces se hacía el propósito de tratarla con mayor simpatía para que no se le ocurriera abandonarlo. Se había convertido en una excelente cómplice y los robos de billeteras y celulares se multiplicaban. Incluso, comenzaba a verle cierta gracia, cierta belleza a medida que crecía. "Esa muchachita está floreciendo. A ver, que no me la vaya a robar por ahí alguno de esos tipos que le tienen tanta gana", se decía de vez en cuando. Tampoco era para tanto.

En su esquina, Hortensia repasaba la larga lista de oraciones aprendidas de niña, para complementar la que ella creía más milagrosa: *"Ánimas del purgatorio, ¿quién las pudiera ayudar?, que Dios las saque de penas y las lleve a descansar"*, repetía las palabras sin pensar siquiera en su significado. Eran mágicas, tenían que funcionar.

O si no, ¿por qué las rezaban todas las noches, al finalizar el rosario, allá en el pueblo?

A quien más se dirigía era al Ánima Sola. Intuía que le aceptaría encargos, intercedería y le concedería el milagro mediante su invocación. Hortensia no sabía qué querían decir todas esas palabras, menos interceder e invocar. Sin embargo, le gustaba repetir lo tantas veces escuchado, como si fueran conjuros muy bonitos y todopoderosos.

Cada lunes llegaba temprano al cementerio. Ya el vigilante la conocía y le sonreía. Hortensia pasaba de largo, sin contestar el saludo. Su trabajo, seduciendo clientes en las cafeterías, le había enseñado a desconfiar de la amabilidad de los hombres. Por lo demás, Tomás le prohibía que hablara con desconocidos. Bajando la mirada, seguía derecho hasta una estatua que no era la del Ánima Sola, pues no había podido localizarla.

Se detenía frente a dos niñas de piedra, recubiertas de algo que las hacía brillar como oro, preciosas, con peinados muy elegantes y delantales bordados. Una era más grande, como de nueve años, la otra parecía de seis. ¿Por qué estaban ahí? Hortensia no recordaba santas como estas. Deben ser hermanitas, pensó. Seguro se enfermaron al tiempo. Tal vez las atropelló un carro. Puede ser que las hayan castigado hasta que se murieron de tristeza. Debió ser que sus papás no tenían dinero y pasaron hambre hasta desnutrirse. O fue un asesino que llegó y las mató. O eran desplazadas como yo y pasaron tanto frío abandonadas en las calles que, al final, no pudieron más.

Las suposiciones de Hortensia sobre las niñas muertas, tan doradas y bonitas, la fueron acercando más y más a ellas. Las sentía sus amigas y les contaba sus penas, esperando que alguna vez ellas también le contaran por qué estaban ahí las dos, tan juntitas.

Poco a poco, los sentimientos de Hortensia hacia el cementerio, hacia la muerte, hacia los difuntos, se transformaron en un alivio, una conversación, una manera de acercarse a otros más tranquila, sin sentirse atropellada, maltratada, robada, amenazada. Los muertos no le tienen miedo a la muerte, fue como una revelación. "El miedo es un problema de los vivos. Aquí llegan muchas personas a rezar, a dejar sus plegarias y peticiones. Pagan novenarios, lloran, tocan las tumbas, acarician las estatuas, hablan a los oídos de los héroes de guerra. Los problemas son de los vivos, los muertos viven en paz", concluyó un día, al ver que uno de los tantos curas populares, que les sacaban los ahorros a las gentes más humildes y más creyentes, hacía un ritual parecido al de la bruja de su pueblo, invocando a un difunto.

Esos curas, que no eran sacerdotes de verdad, se sentaban a la entrada del cementerio en butacas de madera. Repetían discursos aprendidos de memoria, con palabras muy difíciles, tal vez en otro idioma, y hacían creer a los pobres dolientes que se podían comunicar con sus muertos más queridos.

—Dígale que ya regué el jardín y que el rosal está florecido.

—Pídale que me ayude a conseguir un puesto de vigilante.

—Ruéguele que me cure este dolor de pecho que no me deja dormir.

—Amenácelo para que esa tal por cual me devuelva lo que me robó cuando él se fue con ella.

El paseo de ida y vuelta de la tienda se convirtió en la única diversión de Hortensia. Los lunes después de su recorrido —de sus charlas con las difuntas hermanitas doradas, sus pensamientos sobre la vida y la muerte, sobre los vivos que se aprovechaban del dolor ajeno— se iba más tranquila a su cuartucho y lograba aguantar, durante el resto de la semana, las órdenes tormentosas de Tomás, que cada vez le hacían más y más daño.

"Ánimas del purgatorio, Ánima Sola, ángel de la entrada, niñas doradas, santos y vírgenes tengan piedad, tengan misericordia, tengan clemencia, tengan lástima, tengan dolor, tengan pena, tengan compasión", Hortensia mezclaba mártires y apóstoles, patronos y santos, con las palabras que se acumulaban en su mente, sin saber qué significaban ni para qué servían. Ese era todo su consuelo, su pócima mágica, frente al martirio de vivir con Tomás, el ahora detestado Tomás.

¿Cuándo llegaría la hora de huir, de volar? Ojalá estuviera próxima.

Capítulo 8
El cliente

—Hasta que al fin nos volvemos a ver, condenada.

Hortensia volteó la cara, asustada. Ni los difuntos, ni las historias de las ánimas del cementerio, ni siquiera los gritos de Tomás cuando el botín no era el esperado, le habían dado tanto miedo. Por un momento creyó que un muerto salía de su tumba. Por un momento. No tuvo tiempo de reaccionar cuando un hombre, bien vivo, con una rabia incontenible, le agarró el brazo con una fuerza tal que no se pudo soltar.

—Sabía que volveríamos a vernos –dijo el hombre furioso–. ¿Dónde está mi celular? ¿Dónde está mi billetera? No se haga la loca. Con esa carita de ingenua no me vuelve a engañar.

¿Cuál de tantos clientes sería este? Nunca recordaba las caras. Prefería no mirar a los ojos, para no delatarse, para que los hombres no le notaran el terror a ser descubierta, para que no vieran que ella era apenas un señuelo y que pronto se convertirían en víctimas de Tomás. Mejor no saber quién era quién. Además, ¿qué podía hacer? La verdadera víctima era ella. Los hombres perdían algo y seguían con sus vidas. Ella lo había perdido todo: su familia, su libertad, su dignidad, su identidad, su confianza en los otros.

El hombre la tenía atrapada con fuerza. Las personas que rezaban en el cementerio la miraban con desconfianza, incluso con odio. Seguramente también las habían robado o tenían miedo de que las robaran. Vio dos o tres gestos amenazantes entre el gentío y cerró los ojos. El hombre la arrastró sin soltarle el brazo.

—Usted, muchachita, ya no seguirá haciendo de las suyas. ¿Dónde está el tipo ese, su cómplice? Ahora mismo me lleva donde él, ahora mismo, ¿me oye? O la llevo a la cárcel para que se pudra, encerrada entre mujeres de su calaña. Dígame dónde está el tipo, dígame ya. ¡Quiero mi celular!

El terror de Hortensia crecía de tal forma que no podía hablar, no podía caminar. Si no fuera porque el señor la arrastraba, habría permanecido en el mismo sitio, petrificada, casi como las estatuas de las niñas doradas a las que tantas veces les había rezado.

¿Por qué no le habían hecho el milagro de devolverla a su pueblo, de liberarla de Tomás, de darle una bella dentadura? "Unas niñas tan bonitas, tan doradas y tan inútiles", declaró al fin en su interior. No les volvería a rezar ni a pedir por sus almas y se quedarían por los siglos y los siglos en el purgatorio. Ella estaba viva, pero en el mismísimo infierno, con el demonio de Tomás.

El señor seguía insistiendo en que buscara a su cómplice, en que le dijera dónde estaba. Hortensia no lo sabía. Los lunes, Tomás desaparecía temprano. Se iba a vender los celulares robados durante la semana, pero eso no lo podía revelar. Tomás mataría a sus hermanitos si supiera que lo delataba.

La voz del hombre retumbaba en los oídos de Hortensia, quien veía al guardia de la portería que le sonreía con lástima. Ojalá hubiera sido más amable, ojalá se hubieran hecho amigos. Tal vez él podría ayudarla, decir que era buena, que rezaba todos los lunes. Ya era tarde.

—Que me diga dónde está el tipo ese, rata ladrona, lléveme a la madriguera –gritaba desaforado el cliente, apretándole el brazo cada vez más fuerte, en vista de que Hortensia no respondía.

Una vez fuera del cementerio, la gente se aglomeró a su alrededor, amenazante, incitando al hombre contra ella.

—¿Qué pasa aquí? –dijo de repente un hombre uniformado que apareció de la nada. Tanto escándalo había atraído la atención de un policía que hacía la ronda por el sector.

—¿Qué pasa aquí? Pues que esta mujer es una ratera, una ladrona, así, con su cara de mosquita muerta, es una estafadora peligrosa. Me engañó en una cafetería. Yo le ofrecí un buen desayuno, sin malas intenciones, por supuesto, y ella me robó. Tiene un cómplice más peligroso todavía. Quiero que me devuelvan lo que es mío –gritaba el señor, ya bastante descompuesto y sin soltar el brazo de Hortensia.

—¿Cómo así? A ver, señorita, devuélvale las cosas al señor. Y usted, caballero, tenga la amabilidad de no gritar. Y suelte a la muchacha. Le está haciendo daño –dijo el policía, tal vez conmovido al ver la escena de una menor de edad en manos de un energúmeno que vociferaba.

A Hortensia le volvió el alma al cuerpo al ver que le había salido un defensor. En el primer instante quiso negarlo todo, demostrar que no tenía ningún botín, que solo era una devota rezando en el cementerio.

De repente, como si una voz llegada del otro mundo le susurrara una idea, Hortensia, supo lo que tenía que hacer ella misma, ella sola, sin ayuda de las ánimas, ni de las oraciones, ni de los rezos en los que la madrina no creía. Había encontrado la manera de liberarse de Tomás.

No sabía qué podía pasarle en adelante, pero era peor seguir en esas garras tormentosas en las que había caído. Por un instante, alcanzó a agradecerle a las niñas doradas por haberle mostrado un camino milagroso. Prefería que la llevaran a la cárcel, antes que seguir con Tomás. Nada más pensar en él, se le hacía insoportable.

Sacando una voz que no se había oído desde antes de que Salomón Pinchadientes le robara su dentadura, soltó unas frases atropelladas y salvadoras:

—Perdóneme, señor. Yo sé que le robé. Pero no tuve la culpa. Ese tipo me obligaba a engañar. Me habría matado si no lo ayudaba a robar. Hace días desapareció sin decirme para donde iba. Tal vez lo hayan matado.

O está en la cárcel. Tal vez ya no le sirvo para robar pues me conocen en todas las cafeterías. Yo no sé dónde está, se lo juro, se lo juro por el Ánima Sola –repetía Hortensia, con la misma voz recia con la que se había defendido de su papá el día en que apareció Salomón Pinchadientes por el pueblo. Que ella recordara, desde que estaba en la ciudad no había dicho tantas palabras, una tras la otra. La mera idea de escabullirse de Tomás le ayudaba a sacar su voz del fondo de la garganta.

—Ah –dijo el policía–. Usted, señorita, se está declarando culpable. Yo la habría dejado ir, pero ahora me la tengo que llevar. A ver, usted señor, venga también. Tiene que poner una denuncia para que podamos procesar a esta niña. Es increíble. Nunca nadie había confesado así no más. Qué le vamos a hacer, usted se lo buscó, señorita. Vamos para la estación, que queda a dos cuadras. Vamos, señor.

De ahí en adelante, Hortensia se sintió como parte de una telenovela. Le dijo adiós con una sonrisa al guardia del cementerio, que seguía mirándola con lástima. Se despidió mentalmente de sus amigas doradas. Le agradeció en silencio al Ánima Sola y a todas las ánimas benditas del cementerio y siguió dócilmente al policía.

Primero, la llevaron a una camioneta estacionada en la calle. Allí permaneció durante un buen rato, sentada en un banco. A medida que pasaba el tiempo, comenzó a sentir frío. Había salido de su cuartucho después de desayunar. Como la mañana estaba soleada y pensaba regresar pronto, no llevaba abrigo ni cartera ni nada. Le gustaba ir al cementerio así, con las manos vacías, apenas con el canasto y el poco dinero que le daba Tomás para la compra.

Al cabo de un par de horas, Hortensia vio que el cliente salía de la estación de Policía. Desde su banco, había visto cómo llenaba unas hojas, firmaba papeles y más papeles, mientras maldecía y le dirigía miradas de rabia. Los pensamientos de Hortensia se remitían a las novelas. "Está poniendo una denuncia en mi contra, me van a condenar", se decía, repitiendo frases aprendidas en la televisión. Hasta cierto punto tenía razón. El cliente quería darle una lección ejemplar y castigarla. En un momento dado, las voces subieron de tono y Hortensia oyó que un policía sentado tras un escritorio discutía con su cliente:

—Y usted ¿qué hacía en una cafetería invitando a una menor desconocida? ¿Qué pretendía? ¿Por qué le ofrecía desayuno, si se puede saber?

El cliente contestó a gritos, con la cara enrojecida por la furia.

—A usted qué le importa. Me dio pesar ver una muerta de hambre y qué. El caso es que ella y su cómplice me engañaron y me robaron. Yo no soy el malo, soy la víctima.

Hortensia se veía tan desvalida, tan atolondrada, que una señora, que esperaba a su lado, le ofreció un refresco y un pan. Sin levantar la mirada, Hortensia le dio las gracias en voz baja y puso la botella y el pan sobre sus rodillas. No era capaz de pasar bocado. Eso siempre le ocurría ante las situaciones nuevas, que cada vez se multiplicaban sin que ella pudiera controlarlas.

—Coma, muchachita, coma que esto puede ser eterno. Se lo digo yo, que lo he vivido muchas veces – decía la señora.

—Coma, niña –le decía Cordelia cuando se daba cuenta de que Hortensia dejaba todo en el plato–. Coma, niña, y agradezca que hoy tiene algo para echarse a la boca. Parece un pollo mojado, ahí, callada y desganada. Aproveche que hoy hay. Nunca se sabe si mañana habrá. Coma, niña.

Podían pasar tres o cuatro días sin que Hortensia apenas pasara bocado cuando sucedía algo fuera de lo común. Dejó de comer cuando nació su tercer hermanito, cuando aparecieron los guerrilleros en el pueblo, cuando se murió la vaca pintada, que era su consentida, cuando se desarrolló y cuando le arrancaron los dientes, por supuesto. La madrina no entendía cómo alguien podía aguantar tanto sin alimentarse como era debido. Por la garganta de Hortensia no pasaba ni un bocado en esos momentos.

—A ver, jovencita, póngame atención. Conteste lo que le estoy preguntando. –Oyó que le hablaba una mujer policía. Parecía buena persona, pero Hortensia no lograba seguirle la corriente. Pensaba en Tomás, en si la estaría buscando, en qué pasaría si la descubría revelando los robos en las cafeterías.

—¿Nombre y apellido?

—Hortensia Farfullo Muñoz.

—¿Lugar de nacimiento?

—Pueblo Blanco, Nariño.

—¿Fecha de nacimiento?

—Abril 21 de 2003.

—Ah, menor de edad. Pero mayorcita de lo que parece. Creí que tenía catorce. Tenga cuidado, porque ya casi llega a los dieciocho. El próximo delito la mandará derechito a la cárcel. ¡Cárcel! Oiga bien. ¡Cárcel por muchos años! ¿Eso es lo que quiere? Sigamos. ¿Identificación?

—No sé. –Era verdad, Hortensia nunca había podido memorizar el largo número de su tarjeta de identidad. Ese día no la tenía a la mano. Para recuperarla tendría que regresar donde Tomás y eso no sucedería por nada en el mundo.

—¿Dirección?

—No sé.

—¿Dónde están sus padres?

—No sé.

—¿Con quién vive?

—No sé.

De ahí en adelante, todo lo que la policía obtuvo como respuesta fue "No sé". Y realmente Hortensia no sabía. Nunca le había preguntado el apellido a Tomás. Tampoco sabía la dirección del cuartucho donde vivía. Mucho menos dónde estaba su familia. En los cinco meses que llevaba en la ciudad, lejos de su tierra, siempre había estado en manos de otros. Se sentía tan perdida en ese lugar tan grande, que no se interesaba por averiguar nada. Sabía que de todas maneras se perdería. Entonces, ¿para qué saber?

—Mire, señorita, no se haga la tonta. Aquí nos sabemos todas las mañas. Mejor conteste con la verdad para salir rápido de este problema en el que está metida. Volvamos a comenzar. ¿Dirección?

—No sé.

La paciencia de la policía llegó a su límite.

—¿Usted confiesa que le robó al señor que la denunció?

—Sí.

Entonces no tengo más remedio que reseñarla. Como se trata de su primera infracción, podría dejarla libre. Pero, como dice que no tiene dirección ni familia, la voy a remitir a un albergue para menores. No la puedo dejar en la calle. La ley está obligada a proteger a los menores –dijo la policía, cerrando el cuaderno con gesto de disgusto. Hortensia suspiró aliviada. Ya no le iban a hacer más preguntas sobre lo desconocido. Lo demás no lo había entendido. Ley, albergue, protección, delincuente, infracción… Demasiadas palabras, demasiadas emociones en muy corto tiempo.

De ahí en adelante siguió el proceso de remitirla a un Centro de Atención al Menor Infractor. Por tercera vez la interrogaron. Esta vez, fue una mujer parecida a las funcionarias que trabajaban en la Oficina de Atención a los Desplazados por la Violencia, pues la miraba de la cabeza a los pies con gesto de qué horror, qué desfachatez, qué porquería. Por tercera vez Hortensia no supo qué contestar. El gesto de impotencia de la señora no le dejó dudas de que ni ella ni nadie tenía ganas de ayudarla, solo de terminar su jornada porque ya era hora de salir.

Una vez finalizado el interrogatorio, montaron a Hortensia en una camioneta y la llevaron a un edificio con altas rejas en el exterior. Hortensia supuso que era muy lejos de la casa de Tomás, pues el recorrido fue como de media hora. Al llegar, la hicieron bañar, le dieron una muda de ropa, la pasaron por revisión médica, la obligaron a tomarse una sopa caliente.

—Ya mañana te enterarás de todo –le dijo una joven uniformada, llevándola a una gran habitación–. Esta es tu cama. Acuéstate sin hacer ruido, ya las otras internas están dormidas.

Esa noche, Hortensia pensaba en su madrina sin poder dormirse.

—El que mal anda mal acaba. –Oía su voz que, desde el rancho, allá en el monte, le advertía sobre los peligros de portarse mal.

Las palabras de Cordelia, en esa duermevela, hicieron reír a Hortensia para sus adentros.

—¡Ay, madrina, si viera lo bien que la estoy pasando por haberme portado mal! Aquí tengo una cama con almohada. Es la primera en mi vida. Ahora estoy metida en las primeras sábanas y cobijas limpias que he tenido, en mi primera pijama. Eso sí, no sé cuánto me durará la alegría. Anoche oí que en esta casa hay muchas niñas. Alguien dijo que son muy malas, que son

ladronas y peleonas. Pues yo también soy ladrona y eso
no me hace tan mala persona. No sé qué me va a pasar,
pero peor que estar con Tomás no puede ser. ¡Ay, madrina!, lo que yo quiero es volver al rancho con mi mamá
y mis hermanos. Espéreme allá. ¡No!, mejor venga por
mí y nos volamos juntas. Le prometo no volver a robar.
Venga por mí, madrina, le presto la mitad de esta cama
sabrosa, con cobija, sábanas limpias y almohada.

Y en la primera cama de su vida, rodeada de otras
jovencitas, en la oscuridad, Hortensia decidió que era
hora de dejar atrás a Tomás y su terrible vida con él.
Tenía que concentrarse en sobrevivir en un mundo extraño, un mundo propio. Se sentía libre, a pesar de estar
detenida en un Centro Asistencial para Menores Infractores. ¡Infractores! Ya se sabía la palabra. Hasta sonaba
bonito. Ya no era desplazada. Ahora pertenecía a la ciudad y era una delincuente. ¡Vueltas de la vida!, habría
dicho Cordelia, con su sabiduría de mujer de pueblo.

Capítulo 9
En el Centro

En POCAS SEMANAS, de una familia amontonada en un cuartucho, Hortensia había pasado a otro cuartucho con un hombre que no le hablaba sino para darle órdenes, amenazarla, regañarla, maltratarla. Desvelada, tomó conciencia de estar en una habitación amplia, limpia. Ser una interna, es decir estar presa, le pareció como vivir un buen sueño. ¿Hasta cuándo podría sentirse afortunada? El sueño duró poco. De repente, una voz gruesa, a su lado, le gritó:

—Levántate, apúrate, se te hace tarde. —Por un instante, creyó que estaba otra vez con Tomás, quien solía despertarla bruscamente. Ahora, el cansancio y las emociones del día anterior no la dejaban moverse.

—Que te apures, a las cinco tenemos que estar listas, bañadas, vestidas y con la habitación organizada, para bajar al comedor. Que te apures o te castigan. De paso, me castigan a mí —decía la voz ronca, entre femenina y masculina.

Hortensia oía las palabras y veía a una joven un poco más baja que ella, bastante gorda, de pie, junto a su cama, a su deliciosa cama recién estrenada.

Abrió los ojos y notó que todavía estaba oscuro. Levantarse tan temprano, ¿para qué? ¿Cómo así? Aun no era de día. ¿Ducharse, vestirse, desayunar? ¿Comedor? ¿Dónde había un comedor? Ay, ¡qué confusión! ¿Qué ropa se pondría?

Recordó que la noche anterior, después de las horas pasadas entre la estación de Policía y la comisaría de menores, o como se llamara esa oficina, la habían llevado a un Centro para Menores, le habían hecho un examen médico, la habían obligado a quitarse su ropa, le habían dado una pijama, un pantalón, una camiseta, unas medias de lana y un paquete que no se había atrevido a mirar. Otra vez paquetes, como los primeros regalos de Tomás.

El agradable sueño se borró. Miró con desconfianza a la muchacha de los gritos. ¿La volverían a engañar?

—Rápido. No quiero encartarme contigo. Ya suficiente tengo con mis problemas. O te levantas o te levanto. La coordinadora te puso bajo mi responsabilidad. Hoy me toca ser tu tutora. Me tienes que obedecer en todo o nos castigan a las dos. Que te levantes, te digo.

De un brinco, Hortensia se levantó. Su tutora, otra palabra desconocida para ella, ya destapaba el paquete y caían sobre la sábana un jabón, un cepillo de dientes, pasta dental, una peinilla y un par de tenis. Mirando a la joven que se desesperaba, Hortensia entendió que eso era para ella y que debía seguir las instrucciones que le daban. Así empezó el primer día de la nueva vida de la nueva Hortensia. A gritos y sin entender nada.

Tan dócil y obediente como siempre había sido, Hortensia tendió la cama bajo la mirada furiosa de su compañera. A su alrededor, como quince muchachas hacían gestos parecidos.

La víspera, había oído palabras como "niñas infractoras", "centro de capacitación", pero no sabía a ciencia cierta qué sería de ella. ¿Volvería a esta sabrosa cama? ¿La llevarían a la cárcel? ¿Tendría que regresar a la calle? Ella no sabía orientarse en la ciudad y se moría de miedo. Tomás podría encontrarla. Tampoco quería estar sola. Nunca lo había estado. Ni siquiera sabía en qué dirección vivían sus padres, si es que aún estaban en el lugar de donde se había escapado unos meses atrás. El dueño de la casa vivía amenazando a su papá:

—Si no me paga los meses que me debe, lo boto a la calle, con sus muchachitos, que me tienen medio chiflado con sus llantos y sus melindres, sus mocos, sus piojos y el olor a orines que no nos deja respirar.

Lo que más le habría gustado a Hortensia, sería volver al rancho, donde su madrina, para sentirse segura, a pesar de los secuaces del nuevo patrón. Allá también había que madrugar, pero no así, no a los gritos. Cada cual sabía lo que tenía que hacer y uno no se molestaba vigilando al otro.

Bueno, no todo era tan bueno en el pueblo. De repente, mientras hacía fila en la cola para entrar al baño, detrás de unas muchachas que la miraban con rostros desafiantes, como midiéndola, Hortensia recordó cuando la vaca pintada, su favorita, se había vuelto loca con la coca. Habría querido olvidar ese tiempo, pero ahí estaba, no podía desprenderse de esa memoria que a veces le hacía malas pasadas.

Su cabeza retrocedió a su tierra, donde nadie amarraba a las vacas. Entre finca y finca había cercas de alambre y cada vecino cuidaba que sus animales no las rompieran pues se metían en problemas si se pasaban a los cultivos de los demás. A veces, las cercas se caían o las vacas buscaban la manera de pasarse a un potrero más apetitoso. La ley de los vecinos era clara: si su vaca se come mi cultivo, usted me lo paga como sea. Esta ley fuera de la ley se cumplía, sin necesidad de violencia o de autoridades oficiales.

Si el cultivo perjudicado era de coca, la planta más sembrada, más valiosa y más cuidada en la región, los problemas eran mayores. Sin coca no hay comida, decían los mayores, cuando oían que las autoridades querían destruir los cultivos. No nos podemos dejar, tenemos que juntarnos y proteger los campos entre todos, gritaban, alegaban, se armaban de machetes y palos.

Y era verdad. Cuando les destruían los cultivos de coca para sustituirlos por otros productos, como decían las autoridades, la comida escaseaba, los niños enfermaban y hasta se morían de desnutrición. Con una aguadepanela al día no hay niño que crezca, repetían por ahí. Si el cultivo sustituto era de piña, de plátano, de café, ahí se quedaba, se dañaba.

Sin carretera, no había camión que llevara las cargas hasta los pueblos o las ciudades. El Gobierno prometía vías, pero de las promesas no pasaba. Destruían los cultivos de coca y desaparecían. En seguida, los campesinos volvían a sembrarla.

El papá de Hortensia no tenía cultivo sino ganado, pero el señor Primitivo, el vecino malencarado, tenía sembradas algunas hectáreas porque le pagaban bien. Además, no se tenía que preocupar por el transporte hasta la ciudad. Los compradores llegaban hasta la puerta de su casa a recoger la carga. Sí, la coca había sacado al pueblo del hambre, era la certeza de todos.

Para evitar problemas, una de las funciones de la familia de Hortensia era vigilar el ganado para que no traspasara los límites. De vez en cuando, ocurría lo inevitable:

—Corra, Hortensia. –Oyó una tarde en que recogía agua en la quebrada–. Corra. Hay que ayudarle a su papá. La vaca pintada rompió la cerca y se pasó al lote de don Primitivo. El viejo está que echa chispas. La vaca le dio su buen mordisco a la cosecha, imagínese. Corra pues, niña. Mire que su papá necesita la ayuda de todos, a ver cómo resuelve este problemita.

Una cerca rota, una vaca al otro lado, no era para tanto. Hortensia no entendía la alharaca… hasta que llegó al potrero. Su papá, el señor Primitivo y otros peones rodeaban a la vaca pintada, la más lechera, la más mansa, que se retorcía en el suelo y trataba de embestir a los que se le acercaban. Verdaderamente estaba loca.

—¿Quién sabe cuánto llevaba esta vaca comiéndose el cultivo? –gritaba don Primitivo, hecho una furia–.

Mire, se le subió la coca al cerebro. Es mejor que la sacrifique –Oyó Hortensia que le decía a su papá.

Hortensia rogaba que no, que no la mataran. Era su consentida y la más lechera de todo el ganado. Cuanto más rogaba, menos atención le ponían. Su papá y don Primitivo negociaban un arreglo que les conviniera a los dos.

El papá de Hortensia no tenía cómo pagar en dinero. Entonces el negocio se cerró con el trabajo diario de su hija.

—Entonces, ¿quedamos en que la niña viene todas las mañanas a ayudar con los oficios de la casa? –decía don Primitivo. Su papá asentía, paseando una mirada culposa entre la vaca y Hortensia.

A partir de la madrugada del día siguiente, antes de ir a la escuela, la niña tenía que pasar por donde el vecino damnificado, darles de comer a las gallinas, preparar arepas y café para la familia y barrer el patio y la casa. Cuando se acordaba de ese año, a Hortensia se le quitaban las ganas de volver al pueblo.

Por la gula de la vaca pintada, Hortensia había tenido que levantarse, cuando aún no salía el sol, durante un año entero. Eso no era lo malo. Lo peor, era el terror de atravesar, en medio de la oscuridad, los potreros que había entre su casa y la del vecino.

Se moría del miedo de los duendes, la Patasola y la Madremonte. Veía las luces de las tres candelas diabólicas, oía la risa del patas mientras intentaba evadir las huellas de la cabra sin cabeza, se sentía perseguida por el Prendelavela. Todo porque la muy golosa vaca pintada se había comido parte de la cosecha de coca, se había vuelto loca y había muerto en medio de terribles convulsiones, horas después.

Ahora tenía que madrugar en otro mundo, en una vida nueva, mejor o peor, aún no lo sabía, pero totalmente nueva, en el Centro Asistencial para Menores Infractores, es decir en una cárcel para niñas delincuentes. ¿Qué seguiría, lejos de todo y de todos los que hasta entonces había conocido? —se preguntó Hortensia, mirando de reojo a las otras muchachas, cuando por fin le llegó el turno de entrar al baño.

Capítulo 10
En la habitación

Su primer día en el Centro fue al lado de su tutora, la Chicle, como la llamaban las otras muchachas, que le enseñaba las rutinas entre regaños y gritos. Al final del segundo día, ya entendía las rutinas y la Chicle no tenía que afanarla.

A Hortensia no le importaba compartir el enorme cuarto con otras niñas. A decir verdad, nunca había tenido habitación propia. En el pueblo, dormía en el mismo colchón que sus hermanos. En el rancho de Cordelia, como todo al que le cogiera la noche, compartía el segundo piso. Había jergones regados por ahí y nadie se preocupaba por adueñarse de ninguno. Cuando huyeron a la ciudad como desplazados, ella, sus papás y sus hermanos compartían un cuartucho inmundo.

Al escaparse con Tomás, dormía en su mismo cuarto, él en un colchón, ella en una estera. Así que estaba bien acostumbrada a los sonidos y movimientos de los demás. Es más, la hacían sentir segura, acompañada, arrullada. De vez en cuando le costaba un rato conciliar el sueño, pensando en sus pensamientos, como solía decirse a sí misma. Una vez se quedaba dormida, nada la despertaba. Si por ella fuera, dormiría doce horas seguidas sin ningún problema.

Algunas noches, hacía grandes esfuerzos para mantenerse despierta. Las otras niñas que compartían su larga habitación, con un par de baños al fondo, hablaban y hablaban, con la luz apagada, contando sus vidas y sus aventuras. Buena parte de las charlas tenían que ver con sus novios, tema que a Hortensia le causaba gran curiosidad. Aparte de Tomás, su gran amor, que nunca la había besado, y del cura Filemón, que le daba vino dulce y la acariciaba, Hortensia no tenía experiencia con novios.

En su tierra, todos los de su edad, niños y niñas, iban juntos al río, sin preocuparse por amores. Competían por el nadador que se atreviera a desafiar los remolinos; cazaban pájaros que luego cocinaban ensartados en palos; cantaban las canciones de despecho que sonaban en el parlante de la cantina; se asustaban unos a otros después de oír durante horas los cuentos de espanto de los abuelos; se tragaban las sobras de todas las cocinas sin que nadie les dijera nada; bajaban a la quebrada a recoger agua para las cocinas, apostando a quién corría más rápido cuesta arriba cargando baldes y canecas pesadas; pateaban el balón en interminables partidos de fútbol en los que nadie ganaba o perdía.

No, eso de andar de novios no lo había vivido. Así que era mejor dormirse en su cama, siempre limpia, que era lo que más le gustaba, para no confesar su ignorancia y no convertirse en el blanco de las burlas de las sabihondas compañeras.

Ella no abría la boca. No habría tenido historias de amor para contar. Por otro lado, se moría del miedo de que alguna muchacha notara sus dientes falsos. ¡Sería el hazmerreír del Centro! Algunas de sus compañeras eran rudas, groseras, violentas y no perdonaban deslices de ninguna clase, sino que se ensañaban con la víctima del momento. Hortensia escuchaba y callaba:

—Cuando salga de aquí le voy a romper la cabeza a ese tipo si descubro que me la ha jugado –decía una de las vecinas de cama.

—Yo no me conformo con romperle la cabeza. Si volvió con la flacuchenta de la otra cuadra, los mato a los dos –contestaba otra.

—Muchachas, ¿ustedes lo que quieren es que las vuelvan a encerrar cuando salgan? Mejor piensen en cambiar de costumbres y de amigos –se burlaba una de ellas, imitando a la psicóloga que les dictaba talleres en las tardes.

El tiempo que pasaba con las compañeras le parecía extraño a Hortensia por la violencia con que se trataban entre sí, por las vulgaridades que decían, por los chistes que ella no entendía y que despertaban carcajadas descomunales en el dormitorio.

Allí, ninguna de las muchachas se había tomado el trabajo de aprenderse su nombre. La India, le decían con tono despectivo. Por supuesto, ese sobrenombre no le importaba. Bastante sangre india tenía, así su familia ya no perteneciera a la organización indígena. A su vez, cada compañera tenía un sobrenombre desagradable, según su figura o el delito cometido: la Chicle, la Elefante, la Trepadora, la Cuchillo, la Ruidosa, la Mocosa. Hortensia no lograba identificarlas.

En el pueblo también se ponían apodos chistosos. Ella, la más tímida, era la Mona, no por rubia sino por su agilidad a la hora de subirse a los árboles.

—Parece un mico, la Mona, la Mona –le gritaban sus amigos mientras ella se encaramaba hasta el palo más alto. En eso, era la mejor. Podía brincar de rama en rama con más elasticidad que los hombres y si bien era de pocas palabras, también era de grandes saltos. Atravesaba la quebrada de un lado al otro sin mojarse los pies. Hasta los mayores del grupo la envidiaban por ganar siempre en las carreras.

—Oiga, India, ¿usted es que no oye o qué? Hoy le toca lavar los baños. No se haga la loca ni la sorda. De esa porquería no se salva.

¡La india! Hortensia no se acostumbraba a su nuevo apodo. Lo mismo le había pasado cuando de mujer de don Primitivo le decía Hortelana, Hortaliza, Hormatosa, Horrorosa. Cada nombre que le ponía la patrona que le había dejado de herencia la vaca pintada, la desconcertaba, la desubicaba, hasta que aprendía a contestar a sus llamados, por desagradables que fueran.

Desde chiquita, sabía que no valía la pena molestarse ni pelear por los sobrenombres. Cuanto más demostrara el disgusto, mayor placer le daba al que se lo inventaba. Al fin y al cabo, ella misma le ponía nombres chistosos, hasta de mal gusto, a sus hermanos, a los vecinos y a sus amigos de correrías por el campo. Eran costumbres que no le hacían daño a nadie y causaban risas y hasta canciones. Sus nuevas compañeras no eran tan generosas como la gente del pueblo. Aquí se trataban sin piedad, con toda la agresividad de la que eran capaces. Todas se envidiaban, ninguna admiraba a la otra.

A pesar de sus intentos de pasar desapercibida, las compañeras de dormitorio consideraban a Hortensia como la tonta, la buena, la favorita de la psicóloga. Para ella, esa no era ninguna ventaja. Pensaba que le iría mejor siendo cruel, perversa y maliciosa.

No lo lograba, por más intentos que hacía. En su tierra, a los patanes y groseros no los admitían en el grupo. O se portaban bien o se metían en problemas, todos juntos y a la par. O si no, quedaban por fuera. Eran las reglas, claras y definitivas. Eso, antes de la llegada de los matones del patrón que les había robado las tierras.

Primero, antes de que aparecieran esos temibles hombres, armados hasta los dientes, quienes mandaban por allí eran los guerrilleros. Sus campamentos estaban escondidos en las montañas y a veces bajaban al pueblo a comprar comida y medicinas. Los campesinos estaban acostumbrados a sus órdenes. Ellos gritaban mucho, exigían que las mujeres cocinaran, que los hombres trabajaran bajo su mando, pero no asesinaban ni golpeaban a la población.

—Esta semana vamos a levantar un aula para que los niños estudien; aquí hay que hacer un puente para pasar la mercancía; alisten picos y palas para desmontar el borde del camino; todos a la plaza que hay que limpiarla –ordenaban. Al final, los del pueblo terminaban por agradecer la llegada de esos mandones, pues las únicas obras que se hacían por los alrededores eran bajo los decretos de los comandantes guerrilleros. Además, no robaban las gallinas ni el ganado. Lo que se comían, lo pagaban, así fuera entre malas palabras y gestos agresivos.

Cuando los guerrilleros se acogieron al proceso de paz, abandonaron el territorio y llegaron los otros hombres armados, los del patrón. Entonces las cosas fueron diferentes. Cuando los del pueblo se negaban a obedecer las órdenes de matarse los unos a los otros, esos hombres aparecían a medianoche, tumbaban puertas, sacaban arrastrados a los jóvenes acusándolos de apoyar a la guerrilla, desaparecían a los que les daba la gana, se llevaban a las niñas más bonitas durante el fin de semana.

No contentos con los atropellos, comenzaron las amenazas y los asesinatos, porque los dueños de las parcelas no querían vender sus tierras, sus cultivos ni sus animales. El caos y el miedo mantenían aterrorizada a la población.

Una vez más, Hortensia sentía la violencia y el maltrato, ahora entre las niñas del Centro, aunque no estuvieran armadas. Ella no sabía cómo comportarse.

Cuando le hacían alguna maldad, lo que ocurría con frecuencia, como meterle la peinilla en el sanitario, asumía la ley del silencio. Quejarse o acusar a alguien era ganarse las peores venganzas que podía imaginar.

Ya había visto a algunas de sus compañeras sufrir el castigo por soplonas: a una le habían destrozado el uniforme, a otra le untaron excrementos en la almohada, a otra más le cortaron mechones de pelo mientras dormía, a alguna le botaron uno de los zapatos por la ventana. La pena dependía de la gravedad de lo que las demás consideraran como ofensa. Lo único cierto es que no había salvación para la "acusetas panderetas calzoncillos de bayeta", como le cantaban a la chismosa del momento.

La defensa de Hortensia era mirar y callar, como aconsejaban en el monte cuando aparecían los hombres armados. Mirar y callar desde su rincón, como la tonta del grupo. Así nadie notaba que no tenía dientes. Así, calladita, sobrevivía en el Centro, donde, poco a poco, se acomodaba lo mejor que podía. Al menos, allí dormía en una cama limpia, solo para ella.

Capítulo 11
En el entrenamiento

El Centro para Menores Infractores tenía reglas estrictas. Levantarse a las cinco de la mañana, cuando el sol aún no aparecía, tender la cama, pelearse un turno para entrar a uno de los dos baños del dormitorio, arreglarse, llegar a tiempo al desayuno, asistir a las terapias de grupo, realizar tareas de limpieza y cocina, presentarse puntuales a los talleres.

En fin, hora tras hora, había que cumplir con normas, que a veces eran desagradables. Hortensia se esforzaba por estar atenta a los detalles. Veía con horror cuando los implacables coordinadores, supervisores y monitores, castigaban a las compañeras que se salían de lo esperado. El Centro debía funcionar como un reloj. Las jóvenes delincuentes aprendían que o cumplían con las leyes o les iba muy mal.

Los castigos por cualquier infracción en el Centro eran duros, aunque no tanto como los que fijaban los guerrilleros que invadían su pueblo, en los tiempos de antes. Con frecuencia, los hombres, incluyendo a su papá y a sus tíos, eran obligados a llevar a cabo tareas comunitarias.

Algunas veces tenían que entregar una vaca o unas gallinas en compensación por una borrachera, una pelea, un incendio en el monte, un daño al río. Como no había Policía, el comandante guerrillero era la máxima autoridad en el territorio. En ocasiones, cuando se sabía que el Ejército rondaba la región, aterrorizaban a la población, llevándose a algún vecino o familiar, acusándolo de informante. Nadie sabía si volvería vivo a su casa. Casi siempre había que darlo por desaparecido.

El resto del tiempo, no pasaban de gritos, amenazas, órdenes y uno que otro empujón. Eso sí, si alguno no cumplía sus reglas, lo amarraban durante muchas horas a un árbol lleno de hormigas. Con los niños no se metían. Si los encontraban matando pájaros, les daban su buen susto, pero, hasta ahí.

Más allá de las órdenes y los castigos de la guerrilla, lo que preocupaba a los mayores era que sus críos se fueran como reclutas. A muchachas y muchachos les parecía atractivo tener armas, ganar dinero, liberarse de la vigilancia de los padres cuando no los dejaban salir con los novios. A los catorce o quince años, solían escaparse rumbo a la montaña a ver si los admitían.

Así, poco a poco, el pueblo veía desaparecer a sus jóvenes por un tiempo. Lo más triste de todo, lo peor que podía pasar, era que los mandaran a combate contra el ejército. Eran niños, con poco entrenamiento y mucho miedo. Los daban de baja o caían en redadas. Del monte, pasaban derecho a cárceles lejanas, quién sabe en qué condiciones.

Pocas veces regresaban. Bueno, tampoco regresaban cuando el ejército legal hacía sus batidas de reclutamiento para el servicio militar, y metían en camiones, como si fuera ganado, a los que ya habían cumplido dieciocho años. Eso era a lo que más temían jóvenes y viejos.

A Hortensia, la habían tentado unos amigos que querían escaparse para el monte.

—Vámonos, en la guerrilla estaremos bien –le habían dicho. Durante un par de días lo estuvo pensando. Al final, le pareció mal abandonar a la madrina que necesitaba de su ayuda y a quien le tenía mucho cariño por lo que le enseñaba.

Por fortuna, no se decidió. Sus amigos eran unos hermanos, de quince y dieciséis años. Se supo que los tuvieron en entrenamiento durante mucho tiempo, pues eran torpes con las armas y no se adaptaban a las largas caminatas. Tampoco a las raciones de comida, que los dejaban muertos del hambre. Un día no aguantaron más y huyeron.

Salieron por la quebrada, tratando de llegar al otro lado del valle. Por supuesto, como no estaban bien adaptados a la vida en el monte, la brigada que mandó el comandante los alcanzó al día siguiente y los fusiló. Dejaron los cuerpos a la entrada del pueblo. Esa fue una gran tragedia, pues eran buenos muchachos que antes trabajaban en la tienda de su padre. La madre no soportó el dolor y a los pocos meses murió de pena moral, según decían las mujeres.

En la ciudad, a medida que Hortensia aprendía las temibles leyes del Centro para Menores Infractores, los recuerdos que tenía de la guerrilla comenzaron a parecerle juegos de niños. En este Centro, si, por maldad o por descuido, o simplemente por la manía de quejarse, alguna de las niñas del dormitorio decía una mala palabra, pedía un colchón menos duro, no lavaba la ropa a tiempo, peleaba, robaba o tan solo lloraba, el castigo era cruel.

De acuerdo a lo que el coordinador considerara como más o menos grave, las penas iban desde permanecer uno, dos, cinco o siete días, encadenada a la cama, con un balde para usar cuando la condenada tuviera ganas de ir al baño. En otra vasija le dejaban agua para beber y lavarse los dientes y la cara. En la misma cama, le ponían comida fría y desabrida tres veces al día. Nadie podía hablarle. La castigada tenía que permanecer en absoluto silencio. Si la descubrían llorando, le ampliaban el castigo. Hortensia se preguntaba cómo haría esto que fueran mejores personas al salir de nuevo a la vida libre.

Para las niñas que se portaban bien, que seguían al pie de la letra las rutinas, cumplían los horarios, no se metían en problemas disciplinarios, también había premios: un postre, un colchón más nuevo, una pastilla de jabón, cosas así. Tampoco eran grandes premios. Y no valía la pena tratar de ser la mejor ante los coordinadores, pues esto desataba las burlas y la maldad de las compañeras, que competían en brutalidad con las autoridades oficiales.

Para Hortensia, lo realmente difícil era la hora de la comida. Casi no abría la boca pensando en sus dientes. ¿Se me caerán? ¿Se darán cuenta? Así, enflaquecía a ojos vista, a pesar de los platos nada sabrosos, pero sí nutritivos. Las demás internas se alegraban al ver que dejaba casi todo lo que le servían. Me pido las papas, me pido el arroz, se peleaban. Hortensia, agradecida porque no se podía dejar nada en los platos, dejaba que estas aves de rapiña disfrazadas de niñas se llevaran sus botines.

Un tiempo después de ingresar al Centro, Hortensia y las demás niñas fueron citadas a una reunión para programar actividades artísticas y deportivas.

—En la cartelera del comedor están pegadas las listas de los talleres de capacitación. Cada una se puede inscribir en lo que quiera —dijo una mañana la supervisora.

—Yo me voy a meter en el taller de deportes. Tengo los músculos entumecidos de tanto ver televisión —dijo una muchacha, la más alta y fuerte del grupo.

—Yo no me meto ni por nada en el curso de inglés, es superaburrido y ponen muchas tareas —aconsejó otras de las muchachas.

—Ni se les ocurra inscribirse en el de artesanías porque lo obligan a uno a vender lo que hace y nadie sabe quién se queda con la plata. Yo fabriqué unas pulseras muy bonitas y ni siquiera me dejaron quedarme con una —sugirió otra.

—Pues mejor artesanías que circo —dijo, con muecas de horror, la Chicle, la más gorda de las niñas, que había sido tutora de Hortensia al principio–. Esos entrenamientos son terribles, dificilísimos. Ni que fuéramos micos. Quieren que corramos, trepemos, saltemos, hagamos acrobacias, solo para divertir a los invitados del Gobierno. No, al circo ni de casualidad –remató.

Hortensia nunca había estado en talleres. Al principio creyó que tendrían que ir a un sitio donde reparaban carros, motos y bicicletas. Eran los talleres que había en el pueblo. La supervisora le explicó que eran jornadas de capacitación. Era obligatorio inscribirse en alguno, en el que fuera. ¿En cuál? Como Hortensia solo había ido a la escuela, no estaba acostumbrada a tomar decisiones. Era lo que el profesor, casi siempre profesora, dijera. Por eso, sin saber qué partido tomar, cuando oyó la palabra "mico", recordó que a ella le decía la mona por su agilidad y decidió que en ese taller se metería, fuera lo que fuera.

Así fue como, de la noche a la mañana, Hortensia se convirtió en cirquera. Frente a "Taller de circo" escribió su nombre.

Una vez había visto una función de un circo en el pueblo. Por allá no llegaban espectáculos casi nunca. Tal vez ese se había perdido o desviado del camino y había terminado en tan escondido lugar, en medio de las montañas.

Ella y su grupo de amigos habían pagado para entrar a la carpa, instalada en el parque. Se habían sentado en las duras bancas de madera, que crujían como si se fueran a desbaratar de un momento a otro. Los más grandes se balanceaban para asustar a los más chiquitos.

El espectáculo no les había gustado mucho: una familia de payasos hacía chistes groseros y simulaban darse golpes porque sí y porque no; una jovencita caminaba sobre una cuerda sin ninguna gracia ni emoción, ya que estaba muy cerca del suelo; unos perros, más flacos que una escoba, vestidos con unas faldas esponjosas, bailaban al ritmo de una música estridente. La parte más emocionante había sido la de los trapecistas.

Eran unos jóvenes, hermano y hermana, según explicaron. Sus padres también habían sido trapecistas y les habían enseñado el arte de volar antes de quedar inválidos por un accidente a gran altura y sin red de protección. A Hortensia se le salía el corazón viéndolos hacer piruetas en el aire con sus trajes multicolores. "Así me gustaría volar", había deseado, con la certeza que acompaña los deseos pasajeros, los que nunca se lograrán.

Recordando a estos hermanos voladores, en el primer taller de entrenamiento de circo, en un garaje cercano al Centro, Hortensia pidió ser trapecista. Sin embargo, allí no se practicaba este arte. Después de examinar las posibilidades, se decidió por las telas aéreas, pues también podría volar de cierta manera.

A poco de comenzar los entrenamientos, Hortensia estuvo a punto de renunciar. Los ejercicios eran muy exigentes. Tenía que pararse de cabeza en las colchonetas regadas en el galpón y permanecer muchos minutos en esa posición.

—Es para que tu cuerpo se acostumbre a estar bocabajo y no te marees –le explicaron.

Luego, tenía que colgarse bocabajo de nuevo, en un par de telas de licra que caían del techo. Las manos, los brazos, las piernas le temblaban y le dolían. Por las noches, tenía que masajearse durante un buen rato para poder dormir.

No obstante, a medida que pasaban los días, el cuerpo de Hortensia adquirió fuerza y sus antiguas habilidades en la montaña y el río la convirtieron en la favorita de la entrenadora, una muchacha de otro dormitorio llamada Floria. Desde su llegada a la ciudad, esta era la primera persona que la trataba con amabilidad y hasta con cierto cariño.

—Bien, vas muy bien –le decía cuando ella subía hasta lo más alto de la tela, amarrándose los pies a los nudos que iba formando para poder escalar–. Eso, vas muy bien. Ahora voltea la cabeza. Así, con gracia, sonríe, debes tener una sonrisa muy bonita. No la he visto, pero me la puedo imaginar.

"¡¿Cómo voy a sonreír?! ¡¿Y si se me caen los dientes?!", pensaba Hortensia en los primeros ensayos.

Sin embargo, con el paso de los días, Hortensia fue tomando confianza. Olvidaba su cuerpo, sus dientes, sus dolores y se enfrascaba en la danza, en los movimientos cada vez más difíciles y emocionantes en la altura del galpón. Desde allí veía el mundo chiquito. Así mismo, veía sus problemas más leves, más tenues. Las necedades de sus compañeras de habitación, la comida sin sabor que apenas probaba, el juicio que se le seguía por infractora, y del que no entendía casi nada, dejaban de existir en medio de la música. Por una vez, en la inclemente ciudad, Hortensia se sentía tranquila, lejos de la felicidad, cerca del sosiego.

El gusto de volar, por encima de sus problemas, era aún más fuerte cuando, en medio de las telas, al ritmo de extrañas melodías que en su pueblo nunca había oído, se encontraba con la entrenadora, Floria. Era su primera amiga desde la salida del pueblo.

Floria era de la costa, un poquito mayor que Hortensia, pronto cumpliría los dieciocho años, alta, morena y coquetona. No como ella, que casi se le veían los huesos de lo delgada que estaba. La India y la Costeña, las llamaban las otras muchachas del taller de circo.

Hortensia y Floria no les ponían atención. Arriba, estaban bien. Veían a chicos y chicas, pues el taller era mixto, esforzarse con las acrobacias en las colchonetas, con los zancos, con los monociclos. Algunos se ponían narices rojas de payaso y hacían contorsiones. Otros practicaban malabares con pelotas. Solo Hortensia se había animado a hacer telas aéreas. Solo ella y Floria, su entrenadora, podían volar, sentirse libres, mirar desde lo alto. Las nuevas amigas se confesaron que, cuanto más entrenaban, más contentas se sentían.

Floria ya llevaba algunos meses practicando y tenía recursos artísticos. Por eso la habían nombrado entrenadora. Con paciencia, le enseñaba a Hortensia los trucos para trepar, pararse de cabeza, dar vueltas sin enredarse, perderle el miedo a deslizarse. No soportaba cuando Hortensia decía que no podía, que no coordinaba, que perdía el equilibrio. Lo que más le molestaba era cuando Hortensia se asustaba.

"Ay, no, la cobarde", le decía, mezclando burla con cariño. Hortensia, herida en su orgullo, sacaba fuerzas para agarrarse, enredarse, trepar, pararse de cabeza, envolverse, escurrirse hasta casi tocar el suelo, para luego ascender con una agilidad que terminaba con aplausos de parte de Floria, de los coordinadores y de los otros muchachos cirqueros.

¡Qué bien se sentía Hortensia en lo alto de su tela, en particular cuando volaba sola! Hablaba con las telas, las saludaba, les decía que estaban lindas, que eran sus salvadoras, que les agradecía. También les pedía que, si la dejaban caer, no la hirieran. Telas bonitas, si me sueltan, me matan de una vez. La muerte en el aire es mejor que la invalidez en la tierra, les rogaba. Así, con las telas, con su propio interior, Hortensia dialogaba libremente sobre sus deseos, esperanzas, angustias, memorias, dolores y hasta alegrías. Cuando subía, no quería volver a bajar.

Por otra parte, la brusca paciencia de su nueva amiga Floria terminó por gustarle. Entendía que hacían equipo. Recordaba que en el pueblo apostaban carreras de relevos y cada uno se esforzaba para que su bando ganara. El esfuerzo de todos era el premio para cada uno. Si algún día volvía a su tierra, invitaría a Floria y le enseñaría a volar entre los árboles, a bajar frutas de las ramas más altas, a atravesar el río brincando entre las piedras.

No la regañaría, claro. Pero no dejaría que se quedara rezagada. Serían las campeonas de todas las competencias y sus amigos las acogerían como las mejores para los campeonatos de pelota. Hortensia soñaba con su pueblo, su gente, su madrina, mientras volaba al compás de la música que cada vez le daba mayor placer. Haciendo piruetas en lo alto del galpón, colgada de su tela multicolor, Hortensia era libre, invencible. Era una Hortensia que volaba cada vez más alto.

A pesar de sus ruegos a las telas, en ocasiones se caía, claro. Era apenas una principiante. En el suelo había colchonetas que amortiguaban los golpes, por fortuna. Cuando caía mal, se le doblaban los pies y se le hinchaban. Si se dejaba resbalar muy rápido, las manos se le quemaban. Entonces Floria le prohibía volar durante días. Ese era el peor castigo. "El espíritu está pronto, pero la carne se resiste", le habría dicho Cordelia, con la sabiduría del campo. En cambio, Floria, con su voz ruda de ciudad, le decía:

— Eso te pasa por flaca, pareces un demonio desnutrido. No se te olvide que echar por el atajo no siempre ahorra trabajo.

A Hortensia le habría gustado contestar con la misma rudeza. Que ella recordara, solo una vez había sido grosera, cuando, camino al río con sus amigos, habían

pasado frente al palo de manzanillo. Allí, cada uno tenía que decir en voz alta unas malas palabras, las peores
que se supieran. Cuanto más fuerte gritaban, más segu-
ros se sentían.

En el pueblo, todo el mundo sabía que había que
insultar al palo de manzanillo. De lo contrario, la barriga se les llenaría de gusanos. Los gusanos crecerían,
crecerían, crecerían y crecerían adentro, hasta que las
panzas se hincharan tanto que reventarían. Más de una
vez, Hortensia se había preguntado si alguien se habría
hinchado y reventado. Nunca supo la respuesta.

Capítulo 12
En la calle

CADA MAÑANA, DESPUÉS DEL DESAYUNO, alguno de los encargados del Centro repetía su discurso:

—Esta no es una cárcel, no es un lugar de privación de la libertad. Es una opción para que ustedes, jóvenes delincuentes que aún no han cometido delitos graves, entren a programas que requieren de esfuerzo, disciplina, concentración, trabajo en equipo, compromiso con el otro, solidaridad. La idea es que, cuando salgan de aquí, puedan ganarse el pan sin delinquir. Tienen que acostumbrarse otra vez a la vida en la calle, como personas independientes, que toman las decisiones correctas por sí mismas. Las que mejor se porten, las más colaboradoras, podrán salir los fines de semana, de a dos en dos, para que se vigilen y se ayuden mutuamente. Pórtense bien y entrarán a la lista de las favorecidas.

Los viernes eran esperados por las muchachas. Ese día pasaban la lista de las privilegiadas que completaban dos semanas ganando premios y eludiendo los castigos. Las seleccionadas podían, si querían, si tenían a donde ir, salir todo el fin de semana, pues no había sesiones de psicología, grupos de estudio, talleres ni entrenamientos. Las que no tenían donde quedarse, solo salían los domingos por la mañana y regresaban al caer la tarde.

Las primeras veces, a pesar de verse en las listas, Hortensia ni pensaba en poner un pie en la calle. ¿A dónde iría? No conocía las direcciones ni quería perderse deambulando por ahí, sola. Tampoco tenía dinero como para ir a comer algo diferente en una cafetería. Sin Tomás, sin las medias de seda y el pintalabios, jamás se le ocurriría buscar clientes que le ofrecieran un buen desayuno.

Todo cambió con Floria. A pesar de ser de la costa, sabía cómo moverse por las calles y tomar buses para ir a los centros comerciales en esa ciudad tan difícil. Floria pagaba todo con generosidad, aún con su aire rudo y sus palabras groseras. Hortensia no preguntaba de dónde sacaba los pesos para las aventuras de los domingos.

Camina, no tenemos todo el día, hay que volver a las seis. Hoy nos vamos a Renacimiento. Están dando una película buenísima. En el teatro tengo una amiga que nos deja colar. Solo tenemos que regalarle un refresco y listo…

Para Hortensia, estos paseos dominicales no eran ni la mitad de emocionantes de cuando, en el pueblo, toda la pandilla, como se llamaban entre sí los del grupo de amigos, se escapaba al río. La disculpa de las niñas, para que las dejaran ir, era la lavada de la ropa. Cada una preparaba atados de ropa, jabones, baldes. Salían temprano, muy formales, a cumplir con la tarea.

A la vuelta del puente, aparecían los muchachos. Brincando alrededor de las niñas lavanderas, las ayudaban a llevar la carga, cantaban, contaban historias, se reían a carcajadas de las bromas y travesuras de la semana. Los padres sabían lo que ocurría y se hacían los de la vista gorda. Ellos habían vivido las mismas aventuras, años atrás.

Niñas y niños llevaban sus envueltos de comida en hojas de plátano, porque sabían que el paseo les abriría el apetito. Lo que más disfrutaba Hortensia era cuando echaban cuentos de espantos, camino a la quebrada.

—Mi papá dice que se le apareció una bruja –contaba alguno–. El otro día se fue de fiesta con los amigotes. Se metieron una borrachera dizque para celebrar la venta de la cosecha. A la madrugada, de camino a la casa, por el puente de la quebrada, le salió una mujer muy bonita, que lo atrajo con la mano. La borrachera no lo dejó pensar derecho y allá se fue el viejo detrás de la vieja. Pues la mujer bonita se convirtió en una vieja horrible, con garras de puma y colmillos de tigre. Mi papá dice que de un golpe se le bajaron los tragos y que cuando se dio cuenta fue porque ya la bruja se lo iba a comer. Él alcanzó a sacar la medalla de la virgen y a invocar al ángel de la guarda y salió corriendo, tanto que atravesó el campo en apenas media hora. Llegó jurando que nunca más iba a tomar… Hasta la próxima vez, digo yo.

—Para espantos, el que se nos metió a la casa –comenzaba otro.

Y así, de historia en historia, el camino se hacía corto. Por fin, el río aparecía en un recodo de la trocha. Después de lavar y extender la ropa al sol, se comían los fiambres, comparando y compartiendo arepas, plátanos maduros, huevos duros, lo que hubieran encontrado en las estufas de carbón de las casas, y pasaban la tarde sumergiéndose, lanzándose de la roca alta, apostando carreras, pescando con las manos.

Esos, para Hortensia, eran los tiempos de antes, los tiempos de la libertad y de los amigos, aunque también eran los tiempos de los miedos a los espantos, a los guerrilleros, a Salomón Pinchadientes, a las travesías oscuras por los campos. Los tiempos que habían desaparecido. La tierra que tal vez no volvería a ver.

Cuando Floria le gastaba en pasajes de buses, golosinas y hasta una que otra comida, Hortensia se sentía empequeñecer. Siempre se había ganado lo que recibía. En su casa, de cuando en cuando le daban unas monedas por hacer mandados, cocinar, ordeñar. Por cuidar a los hermanitos, ni un centavo… Luego, mientras estuvo con Tomás, ella era la encargada de timar a los clientes y de cocinar para los dos. Así se ganaba la comida del día.

Ahora no entendía por qué su amiga le ofrecía tantas cosas. ¿Qué esperaba de ella? ¿Qué le pediría a cambio de las invitaciones? Para no deberle nada, prefería inventar excusas y quedarse en el Centro: es que tengo que lavar, es que tengo cólicos, es que me siento mal. Floria no admitía excusas: no te voy a dejar viendo novelas en la televisión durante todo el día. Hay que aprovechar. Anda, apúrate, vístete.

Hortensia sentía que su amiga la arrastraba, pero, como solía sucederle, no se atrevía a llevarle la contraria. ¿Cuándo podría tomar ella sus decisiones, tener la vida en sus manos? Desde que recordaba, eran otros los que le decían lo que tenía que hacer. Hortensia había crecido obedeciendo. De todas maneras, Floria nunca le pidió nada a cambio. Tal vez solo quería compañía.

Obediente o desobediente, al cabo de un tiempo, Hortensia se empeñó en entender por fin esa ciudad que parecía una selva. De a pocos, se fue acostumbrando al trepidante rugido de carros, buses, motos, ambulancias, bicicletas, camiones, que aparecían sin previo aviso, que atacaban sin compasión a quien se les atravesase, augurando una pronta y urgente visita al hospital con todos los huesos rotos.

Más de una vez, al sentir que una bicicleta, o cualquiera de esos animales salvajes que circulaban por las calles, se le iba encima, recordaba el día en que la vaca mansa, la pintada, la vaca que había enloquecido al comerse la coca del vecino, corría por el campo, embistiendo a los que antes la ordeñaban pacíficamente, sin reconocerse a sí misma ni a sus dueños. Entre la vaca loca y los conductores de la ciudad, no sentía ninguna diferencia.

—¿Esta qué calle es? ¿Qué bus tenemos que tomar para llegar a Renacimiento? ¿Por qué camino nos vamos para llegar al Centro?

—¿Cuántas veces te tengo que explicar que no necesitas saberlo todo? Andas conmigo y no voy a dejar que te pierdas. ¿O es que estás pensando en fugarte del Centro? A ver, dime, confiésalo, te quieres escapar sin mí.

—¡No! ¡Cómo se te ocurre!

Cuando paseaban juntas los domingos, Hortensia y Floria se paraban en una esquina de un barrio elegante y hacían actos de circo para que los transeúntes y las personas que iban en los carros les dieran propinas. Era el trabajo más fácil y divertido que Hortensia había tenido en su vida. Y el que más dinero le había dado.

En realidad, a ella lo del dinero nunca le había importado. Oía a sus padres, a los del pueblo, quejarse por la falta de plata, por la pobreza. Pero como ella no era la responsable de mantener a la familia, no ponía atención. En cambio, al oír las conversaciones de sus compañeras del Centro, se le habían despertado las ganas de tener dinero propio.

—Uy, cuando tenga un millón de pesos, me voy a comprar un celular de alta gama –decía una, apenas para darle cuerda a las otras.

—¿Comprar? ¡No seas boba! Los celulares de alta gama valen mucho. Mejor te robas un par, vendes uno y te quedas con el otro.

—Hum, tan confiada. Cuando salga de aquí ya se me habrá quitado la maña de robar. ¿O, para qué tantos cursos, talleres y terapias? Se supone que de aquí saldremos monjas, buenas. O eso es lo que esperan de nosotras.

—Sí, cómo no. Bien puedes hacerte la mosquita muerta. Antes no te has robado nada de aquí. Habrá que ver si por la calle te portas igual de bien.

—Para que veas que no tengo ninguna intención de volver a robar. ¿Para que me vuelvan a encerrar? No, ni por nada. Para eso tengo una novia que se va a encargar de mantenerme. Ella sí sabe robar sin que la pillen.

—A esa, yo la conozco. Es más brava que un caimán.

—Que no le digas caimán a mi mujer –remataba la joven, ante los ojos muy abiertos de Hortensia, que no sabía que una mujer podía casarse con otra mujer.

A Hortensia no se le pasaba por la cabeza volver a robar. Ese era el trabajo de Tomás, con quien soñaba de vez en cuando y amanecía adolorida. En sueños lo veía con un cuchillo, amenazándola a ella y a sus hermanitos. No quería volver a verlo nunca, nunca. Si a alguien le tenía terror, era a Tomás. Ojalá ya tuviera otra esclava que le ayudara a estafar a los clientes, pensaba. De inmediato se arrepentía de su mal deseo, asustada por algún imaginario castigo divino.

El dinero que quería ganar Hortensia era para salir a buscar a su familia. Ya ni pensaba en una dentadura. Ese era un sueño imposible. Si ganaba lo suficiente en los semáforos, podría tomar buses y recorrer la ciudad, buscar el parque a donde llevaba de paseo a sus hermanitos. Si encontraba el parque, encontraría el cuartucho donde vivían. Seguro seguían ahí o alguien le daría razón del lugar donde los encontraría.

Así que Hortensia se esforzaba en el entrenamiento del circo, aprendiendo telas aéreas y malabares, para ganar mejores propinas los domingos. Al tiempo que mejoraba sus técnicas, aumentaba su conocimiento de la ciudad y le iba perdiendo el miedo a la selva de cemento, a los edificios y a los monstruos que la atacaban en las calles. Los únicos buenos momentos en su vida eran cuando se acostaba en la cama limpia y cuando volaba en sus telas, conversando con ellas, cada día más alto, cada día con mayor agilidad, con mayor libertad.

Capítulo 13
El primer vuelo

EL MUNDO POR FIN Le parecía ordenado a Hortensia.

Más ordenado todavía, cuando el coordinador de los talleres hizo un anuncio:

—El contrato que tenemos con la Alcaldía, para el funcionamiento del Centro, exige que hagamos una función pública con los artistas de los distintos talleres. Habrá un espectáculo de circo en el parque Nacional. Tiene que ser perfecto. Vamos a redoblar los ensayos. No acepto excusas ni retardos. ¿Entendido?

Entendido. Hortensia se alegró. Le dio por soñar que ella y Floria serían aplaudidas por el público de un parque que debía ser muy importante porque se llamaba Nacional, así como ella había aplaudido a los trapecistas del circo que había pasado por el pueblo mucho tiempo atrás. Floria, su entrenadora, le dijo que ella sería la estrella del espectáculo.

Nunca se le habría ocurrido a Hortensia que algún día estaría frente a un público de verdad. A ratos recordaba que, cuando tenía nueve años, era la mejor saltando la cuerda: uno, dos, tres… cinco… veintidós…

cincuenta y siete… ¡cien! Cuando llegaba a cien saltos, las compañeras se negaban a seguir batiendo y le decían, con tono de admiración y envidia, que así no se valía, que ellas también querían saltar. Entonces, se sentía como la estrella del patio de recreo. Ofrecer un espectáculo de circo en el parque era algo inimaginable.

Finalmente, después de intensas semanas de entrenamiento, llegó el día de la presentación. La noche anterior, Hortensia soñó con el pueblo. No fueron sueños gratos. Se vio a sí misma empacando dos quesos. Se los terció al hombro y se fue por el camino. De repente, se encontró con un hombre grande que venía a caballo en la dirección contraria. Sin saber por qué, ella se arrodilló frente a él y le pidió la bendición. Era el patrón, el dueño de la hacienda, lo sabía, aunque nunca lo había visto. Por alguna extraña razón, el patrón tenía la misma cara de Tomás.

Hortensia recibió la bendición y comenzó a temblar del asco. Le repugnaba ver que le salían miles de hormigas por la nariz y le recorrían todo el cuerpo. Supo, sin palabras, que un poderoso brujo lo había hechizado y que la maldición no podía deshacerse porque habían echado las palabras al agua, justo en el centro del río. El remolino se las había tragado y las hormigas seguirían saliendo de la nariz del patrón, o de Tomás, para toda la vida.

Después ya no pudo dormir. Intentaba descifrar su sueño. ¿Qué tenía que ver el patrón, asesino y ladrón de las tierras de los campesinos, con Tomás, el ladrón de su vida? ¿Por qué, justo ahora, cuando estaba tranquila, se aparecían en sus sueños? Entre duda y duda, al fin se convenció de que, tanto Tomás como el patrón habían caído bajo un poderoso hechizo por malvados, por crueles. Era justo que recibieran castigos terribles. Desde lejos, Cordelia debía mandarles maldiciones y condenas para que pagaran por sus maldades.

El domingo madrugaron al parque Nacional.

¡El parque! Al llegar al parque, Hortensia vio con sorpresa que era el mismo a donde llevaba a pasear a sus hermanitos cuando recién llegaron a la ciudad. "¿Estarán por aquí?", se preguntó, "tal vez asistan a la función, es gratuita por ser un programa de la Alcaldía", pensó con ilusión.

¡El parque! Pasado el primer momento de emoción, Hortensia se llevó las manos a la cabeza, recordando que era el mismo donde había conocido a Tomás, donde él le había dado regalos y la había invitado a escaparse con él. ¿Estaría por allí Tomás? No, no era posible. Con seguridad ya no se conformaba con ganarse unas propinas cuidando carros. Estaría en el barullo del centro de la ciudad, con alguna tonta como ella, robando jugosas billeteras y lujosos celulares, pensaba Hortensia mirando a su alrededor con una angustia que le subía del estómago al corazón.

Hortensia quería encontrar a su familia. Hortensia se moría del miedo a Tomás.

El trabajo del día concentró su atención. Durante horas, ella y sus compañeros ayudaron a descargar el camión que los esperaba cuando llegaron en un bus desde el Centro. Luego montaron la carpa para el espectáculo. Había unos muchachos, más altos y más musculosos que las niñas, que enterraban los palos para levantar el techo de lona y las barras para los vuelos en telas, los paseos en la cuerda floja, los balancines. Las niñas trataban de ayudar, pero no tenían el adiestramiento necesario. Estorbaban más de lo que contribuían, así que pudieron sentarse bajo un árbol y esperar la hora de la función entre risas nerviosas y alegres a la vez.

La mañana pasó volando. Por un buen rato, Hortensia olvidó a sus hermanos y a Tomás. Cuando llegaron los almuerzos en bolsas de papel para cada uno, se sentaron todos, hombres y mujeres, en el pasto, a comer. Fue un momento sabroso, casi como cuando bajaba al río con sus amigos de infancia, con los atados de ropa y los fiambres que compartían.

Al fin llamaron a "los artistas" a una especie de camerino improvisado para que se arreglaran: niñas en un cuarto, niños en el otro. A las muchachas que hacían malabarismos, les dijeron que se pusieran unas faldas de mil colores, arrugadas y empolvadas, que estaban guardadas en un baúl.

Para Hortensia y Floria, su compañera de telas, había unos pantalones brillantes con unas camisetas que dejaban al aire la mitad del estómago y la espalda. "¿Para qué se arregla si no tiene arreglo?", le decía su papá cuando veía que Hortensia se peinaba y se ponía cintas en la cabeza en los días de ferias y fiestas del pueblo. Pues ahora le daba la razón a su papá. ¿Para qué se arreglaba si con esos disfraces se verían ridículas?

Tal y como ella recordaba, el parque estaba lleno de vendedores de toda clase de comidas, chucherías, artesanías. Nunca se había interesado en comprar nada, sencillamente porque no tenía con qué. Ese día, algunas monedas ganadas en algún semáforo tintineaban en su bolsillo. Las monedas fueron a parar a la mano extendida de un monito vestido de payaso que bailaba al son de un acordeón interpretado por un hombre.

Al lado del hombre y del monito, una vistosa caja contenía papeles de colores, doblados y ordenados en filas. CONOZCA SU FORTUNA, estaba escrito al frente. Al recibir las monedas de Hortensia, el monito sacó un papel de la caja. Ella lo leyó y rápidamente lo guardó. *"Vale más un diamante con defectos que un pedrusco sin ninguno"*. ¿Qué quería decir esa frase?

Estaba de nuevo como la noche anterior, haciéndose preguntas sin encontrar respuestas. ¿Ella era el diamante con un defecto? ¿O era un pedrusco? ¿Qué quería decir esa palabra? Hoy no estoy para conocer mi fortuna, se dijo, despidiéndose del monito, que seguía extendiendo la mano en espera de más monedas.

El redoble de tambores anunció que el espectáculo pronto comenzaría. Los de la banda musical, montados en zancos, iban y venían por el parque, invitando a los paseantes. Había muchos, el sol estaba de parte de ellos. Ni una nube anunciaba lluvia. Familias enteras deambulaban por los alrededores, comiendo helados, mazorcas, frutas. Montaban en patines, bicicletas y patinetas. Los más chiquitos reían o lloraban, como todos los chiquitos del mundo.

Entre tanta gente, Hortensia buscaba a sus hermanos. Solo pensaba en ellos. La sombra de Tomás había desaparecido de su mente desde hacía mucho rato.

Una vez los asistentes se sentaron en los largos tablones que servían de gradería, Hortensia, escondida tras un trapo multicolor que hacía las veces de telón, miraba con pánico escénico, mezclado con orgullo, al público que la admiraría, la aplaudiría. En su mente, ya conversaba con las telas. Les pedía que la protegieran, que la ayudaran a recordar las rutinas, que luciera muy bien allá arriba, que sus dientes no se movieran del sitio mientras ella le sonreía al público.

La pesadilla comenzó poco después. De repente, con horror, con un terrible sobresalto, vio a Tomás en una de las primeras filas. Ahí estaba, con su mugrosa y deshilachada chaqueta, con su gorra que le cubría buena parte de la cara. Tomás, el mismo demonio, estaba ahí, a unos pasos de ella. El corazón comenzó a latirle a mil por minuto. Casi, casi perdió el sentido. Temblaba tanto que Floria lo notó:

—¿Qué te pasa? ¿Por qué estás tan pálida? No me digas que ahora te vas a poner nerviosa. No quiero niñas remilgadas por aquí. Acuérdate que eres mi estrella y que no te puedes echar para atrás en este momento. A ver, ponte esta máscara, así no se te notará la palidez y te verás más llamativa cuando estés volando como tanto te gusta. Yo me pondré esta otra. ¡Será divertido!, ya lo verás.

Volar, volarse, salir volando a través de la lona del techo. Eso habría querido Hortensia. Si tuviera alas y pudiera elevarse hasta el cielo, no tendría que preocuparse por Tomás. Desaparecería y nunca más la encontraría. O, mejor aún, si tuviera poderes mágicos, haría volar a Tomás para siempre. O, si la bruja del pueblo estuviera por ahí, Hortensia le pediría, le rogaría, que le diera un encantamiento para hacerse invisible, para cambiar de cara, para que Tomás no la viera.

Muerta del miedo, no de las telas ni del público, solo de Tomás, Hortensia se ajustó la máscara lo mejor que pudo, tratando de ocultar su rostro. Salió al escenario al lado de Floria. Grandes aplausos las recibieron. De un salto simultáneo, tal y como llevaban semanas ensayando, cada una se enredó en su tela y treparon, ascendieron dando volteretas que despertaban más y más aplausos entre el público.

La música, el entusiasmo del auditorio, la sonrisa confiada de Floria, no lograban animar a Hortensia. Quería que terminara la función. Quería regresar a la seguridad del Centro, a la vida del dormitorio. Necesitaba estar lejos de Tomás, lejos del miedo pavoroso que le producía saber que estaba en la tercera fila de la gradería. Era como si él pudiera tocarla, atraparla, llevársela de nuevo al cuartucho y obligarla a ser su cómplice de malas mañas.

El cuerpo y el espíritu de Hortensia comenzaron a actuar de manera descoordinada, lo peor que podía pasar en las alturas. El equilibrio, el desafío a la grave-dad, la fuerza de los músculos, las vueltas y revueltas, vislumbrando un mundo invertido, requerían de toda su concentración. Sin embargo, Tomás tomaba posesión de sus sentidos. Hortensia perdía el ritmo. La perfecta coordinación que Floria esperaba, comenzaba a diluirse entre movimientos bruscos, caídas rápidas, deslizamien-tos no previstos. Floria trataba de llamar la atención de su compañera, sin ningún resultado. La Hortensia que volaba feliz entre las telas había desaparecido. Solo que-daba un manojo de nervios que se movía erráticamente entre los colores ondeantes.

—¡Maldita sea, la máscara! ¡Se me cayó la más-cara! –renegó Hortensia en medio de una cabriola–. Tomás me va a reconocer. No, no puede ser. ¿Dónde está mi máscara? –se desesperó Hortensia, perdiendo el equilibrio, intentando alcanzar lo inalcanzable.

Hortensia no solo perdió la máscara. Perdió por completo el control de sí misma. Se dejó deslizar por las telas sin ningún cuidado y la piel de las manos se le quemó. Fue tal el ardor que sintió que, sin ninguna pre-caución, olvidando los entrenamientos, los consejos, las advertencias de Floria, soltó los dedos de los nudos que la sostenían en lo alto y cayó de golpe sobre la colcho-neta protectora del suelo. Por fortuna ya estaba a mitad de camino cuando se desplomó y el golpe no la lastimó. Pero la humillación y el miedo se le agolparon. Atro-pelladamente se levantó. Corrió fuera del escenario, refugiándose entre las cortinas.

—¡Con qué aquí te escondías! –le dijo la voz de Tomás al oído–. Ahora eres cirquera, trapecista, payasa. No te conocía esas gracias. Mucho me van a servir. Así que, andando, muchachita. Quítate esos trapos y vístete decentemente que nos vamos. Rapidito, antes de que vengan a buscarte. Apura, vámonos. Ahí viene esa morena a ver si te rompiste el alma. Vamos, vamos.

Capítulo 14
El último vuelo

YA TOMÁS NO VIVÍA en el mismo cuartucho que Hortensia conocía. Se había mudado a uno igualmente sucio y destartalado.

—¿Viste lo que tuve que hacer? ¡Abandonar mi casa! Todo por tu culpa. El día que desapareciste, un vecino buena gente me esperó en el portón y me avisó que te había visto con la Policía. Me imagino todo lo que habrás contado sobre mí, mentirosa, marrullera. A mí no me la vuelves a jugar. Mucho cuidado con volver con cuentos donde la Policía.

Hortensia no le ponía atención a los gritos y las amenazas. Desde el mismo momento en que él había puesto sus garras sobre ella, se repetía incansablemente unas palabras: "que me pueda escapar, que Tomás desaparezca, que me pueda escapar, que Tomás desaparezca".

No iba a un baño comunitario. En este cuarto había un pequeño lavamanos y un sanitario. Como podía, se limpiaba el cuerpo, porque ducha no había. No iba a ninguna tienda. Tomás la mantenía encerrada como una prisionera. Solo podía salir en su compañía, siempre como su cómplice, siempre a robar.

—No se te ocurra asomarte a la calle, tampoco te atrevas a mirar por la ventana, oíste, oíste –vociferaba, con gestos más amenazantes que cuando vivían en el otro cuarto–. Si te llegas a escapar o a inventarle mentiras a los vecinos, te juro que busco a tus hermanos y los mato. Los veo todos los días en el parque con tu mamá. Pobrecitos, se ve que pasan hambre. Por tu culpa ya no les doy helados. Si no fuera por ti, para mantenerte mansita, ya los habría chuzado y evaporado de mi territorio. Ya sabes que mi navaja está bien afilada. Mucho cuidado con escaparte otra vez.

Las horas pasaban lentas. De día, Hortensia permanecía encadenada a la cama. Por fortuna el baño estaba cerca y la cadena alcanzaba hasta ahí. Por las noches, Tomás traía comida, ella cocinaba y lavaba. Luego, en la madrugada, salían de paseo, como Tomás llamaba a las correrías. Estos paseos eran en una moto, seguro robada, pensaba Hortensia cuando, sin casco ni abrigo, la llevaba en la parrilla hasta distintos lugares de la ciudad hasta ahora desconocidos para ella.

Tomás atravesaba las calles, mirando con atención puertas, ventanas y balcones. Una vez detectaba lo que le interesaba, una casa o un apartamento, un local comercial poco protegido, escribía unos mensajes de texto y al poco rato aparecían dos jóvenes en un carro grande.

Uno de ellos, con silenciosa habilidad, rompía las cerraduras del sitio elegido, Tomás entraba primero para verificar que no hubiera moros en la costa. Luego, el otro joven entraba. Con sigilo, entre los dos sacaban televisores, computadores, cuadros, equipos, hasta muebles y alfombras no muy grandes. Por supuesto, también llenaban las bolsas de tela que llevaban enrolladas a la cintura con dinero, joyas y ropa fina, para no desperdiciar nada del "local de turno".

A Hortensia le encomendaban vigilar desde la moto. La consigna era toser fuerte si alguien se acercaba. En ese caso, Tomás, que era el más grande y más fuerte de los hombres, también el que más experiencia parecía tener, salía al encuentro del intruso y lo amedrentaba con una navaja. El pobre transeúnte era obligado a arrinconarse, mirando hacia la pared, hasta que la "operación" terminaba.

Más de una vez, Hortensia había notado que los pantalones de los caminantes se mojaban a medida que pasaban los minutos. Ella entendía su terror y los compadecía. Aunque hubiera querido, no los habría podido ayudar o consolar. Más miedo tenía ella, así no se le mojaran los calzones.

Cuando aparecía una patrulla o un despistado policía, Hortensia tenía que coquetear como si fuera una dama de la noche, como decía en burla Tomás.

Recuerda cómo le sonreías a los clientes de las cafeterías. Así mismo tienes que conquistarte a los policías. Tienen que creer que estás trabajando, que buscas clientes para complacerlos. Los polis son más fáciles de lo que parecen. Pero, si nos agarran, será por tu culpa y me la pagarás. Ya sabes que siempre te voy a encontrar, huyas adonde huyas.

A Hortensia no se le pasaba por la cabeza huir. El miedo la paralizaba. A veces quería rezar, pero recordaba que Cordelia no creía en oraciones.

—No rece, no ruegue, no pida. Lo que necesite, consígalo por su cuenta –le decía–. Lo que pida, se lo cobrará la vida. Los deseos, buenos o malos, se devuelven el doble. O si no, acuérdese de lo que le pasó a su tía Márgara cuando tenía quince años.

Cuando la madrina contaba historias de la familia, a Hortensia se le iba la vida oyéndola. Le encantaban los cuentos, a pesar de que solo le creía la mitad. Ahora trataba de recordar cada palabra para aguantar la pavorosa vida con Tomás.

—A la tía Márgara le dio por enamorarse de un guerrillero. A ellos les prohibían las relaciones con las niñas del pueblo. Si un comandante descubría que uno de su escuadra estaba fastidiando por ahí, le caía a castigos y lo mandaba a otra escuadra, bien lejos, mucho más arriba, en pleno monte. Pero a la tía Márgara le gustaba un muchacho que había sido amigo suyo antes de meterse a la guerrilla. Así que se dio la maña para atraerlo y enamorarlo. Se veían a escondidas detrás del corral. La verdad es que no se portaban mal. Ella le regalaba frutas, le preparaba fiambres sabrosos, se daban un par de besos y se contaban las cosas que les pasaban. Un mal día, unos niños de la escuela se escaparon y se escondieron en el corral. Vieron a la pareja y se dedicaron a molestar: "¡los novios, los novios, Márgara tiene novio!". Todo sin mala intención, pero con mucha bulla. El pueblo se enteró y el comandante despachó al guerrillero quién sabe para donde. Hasta decían que lo había hecho fusilar para darle ejemplo a su tropa. ¿Quién sabe? Eso, en todo caso, no se podía preguntar. Ver, oír y callar, ya sabe, niña.

Las historias de la guerrilla eran comunes en el pueblo. Por algo habían estado ahí desde mucho antes de que Hortensia naciera. De los guerrilleros, se oía lo bueno y lo malo. Que si ayudaban a construir una escuela, que si levantaban un puente para que los campesinos pudieran transportar la cosecha, que si cuidaban las quebradas y los ríos para que los mineros no las secaran y envenenaran a punta de cianuro y mercurio.

También se sabía que mataban campesinos por "sapos", por irle con cuentos al Ejército, que secuestraban para cobrar vacunas, que hacían tomas armadas. La guerrilla era todo, ahí estaban, ahí se quedarían, decía Cordelia.

—Mejor hacerles caso a sus reglas y no meterse en problemas, como se metió la tía Márgara –seguía con su historia la madrina–. La tía Márgara desobedeció y perdió a su enamorado. Ella no quiso aceptar la pérdida y le rogó a la bruja que le hiciera un hechizo para que se lo devolvieran. La bruja le preparó un menjurje y le dijo que se lo tomara durante siete noches seguidas, prendiendo una vela roja y escribiendo el nombre de su amado con espinas de cardo. Las velas y el menjurje eran apenas el inicio de la brujería. Para que el efecto fuera poderoso y la vida no se lo cobrara, la tía Márgara tenía que llevarle a la señora una cabra blanca con oreja negra o una vaca blanca con patas negras. ¿Dónde iba a conseguir Márgara semejantes animales? Las vacas de la región son rojas y no hay cabras ni chivos ni nada que se les parezca. Márgara, ciega de amor, hizo lo de las velas, se tomó el menjurje y se olvidó de la bruja. Confiaba en que la segunda parte del encargo no sería indispensable y que su guerrillero amado regresaría pronto.

La vida le cobró caro el descuido a la tía Márgara. El final de la historia siempre entristecía a Hortensia. Había conocido a su tía cuando ya estaba mayor, envejecida antes de tiempo, arrugada de cuerpo y alma, sin haberse casado ni tenido hijos. Hablaba sola, lloraba calladamente en los rincones del solar, buscaba cabras inexistentes y vacas con patas negras que nunca aparecían.

—Encima de que le robaron el amor de su guerrillero, la bruja le mandó una maldición a la tía Márgara por no haberle cumplido el encargo. Le metió demonios por el cuerpo, y casi no se los pueden sacar. A mitad de la mañana, a la tía le daban unos ataques terribles: botaba baba por boca y nariz, se revolcaba en el barro, gritaba las peores groserías oídas en el pueblo. Nadie se le podía acercar porque lo agarraba a golpes. El único que pudo con ella fue el cura, que llegó con una cuerda bendecida. La golpeó durante horas mientras decía palabras que nadie entendía y la dejó medio muerta en la mitad de la plaza. Desde entonces, a la tía se le pasaron los ataques, pero nunca recuperó la razón. De vez en cuando amanecía con los brazos llenos de rasguños y mordiscos, pero eso era todo. Los demonios que la bruja le metió en el cuerpo se llevaron su inteligencia. Ya ve cómo quedó por andar pidiendo. La vida se lo cobra a uno, niña, se lo cobra bien caro. No pida, no ruegue, no rece si no tiene con qué pagar. Consiga las cosas por usted misma.

Rezar, pedir. "Que me pueda escapar, que Tomás desaparezca, que me pueda escapar, que Tomás desaparezca. No importa lo que me cobre la vida", decidió Hortensia. "Que me pueda escapar, que Tomás desaparezca, que me pueda escapar, que Tomás desaparezca".

Mientras pasaba las horas encadenada en el cuarto de Tomás, horas que se le hacían más y más penosas a medida que las semanas se sucedían, buscaba entre sus recuerdos las historias tristes y alegres, de duendes, de brujas, de amores, del tiempo de su casa en el pueblo.

Tomás, odiado, maldecido, abominado, la regresaba de manera amarga y brutal a la realidad del cuartucho. La voz de Cordelia, que hasta entonces había sido su tabla de salvación, se diluía dentro de Hortensia. De un momento a otro, comenzó a oírse solo a sí misma. "Que me pueda escapar, que Tomás desaparezca, que me pueda escapar, que Tomás desaparezca".

—Esta noche tenemos un paseo especial. Ponte la ropa que traías el día en que te recuperé, esa que te dieron en la cárcel. Es la más cómoda que tienes. El trabajito de hoy es especial. Vas a volar como tanto parece gustarte.

Las palabras de Tomás sonaron extrañas, incomprensibles. ¿Volar? ¿La dejaría volver a los entrenamientos? No lo creía. De Tomás no creía nada bueno. Sabía que las palabras melosas escondían secretos oscuros, exigencias traidoras. ¿Qué esperaría esta noche de ella? ¿Qué horrible crimen la obligaría a cometer?

—Que te alistes, se hace tarde. Me pasaron un buen dato. Apura, te dije. Esos ricachones que salieron de fiesta pueden regresar de un momento a otro. Apúrate, apúrate, no te hagas la remilgada.

¿De qué ricachones le hablaba Tomás? ¿A qué fiesta iba quién? ¿Qué fechoría estaría planeando Tomás? ¿En qué lío la metería?

Un conjuro mágico, un menjurje de la bruja, unas palabras de Cordelia, cualquier cosa, pedía Hortensia para sus adentros. Ya no le importaba rogar. La vida no podría cobrarle más caro de lo que ya había pagado. "Que me pueda escapar, que Tomás desaparezca, que me pueda escapar, que Tomás desaparezca", se repetía, como una oración, durante el viaje en moto por las calles de la ciudad, mientras apretaba unas cuerdas enrolladas que Tomás le había entregado sin darle ninguna explicación.

A toda velocidad, como manejaba él, atravesaron la ciudad. Llegaron al barrio más elegante que Hortensia hubiera visto. Balcones muy altos, jardines colgantes, muebles blancos en las terrazas, todo la sorprendía. Las calles estaban limpias, bien alumbradas. En las puertas de los edificios se veían vigilantes con uniformes.

A medida que subían la loma, las altas construcciones de las primeras calles del barrio se fueron haciendo más y más escasas. Sin embargo, Tomás no detenía su carrera en la moto, cuesta arriba. "¿A dónde me lleva este loco? Por lo visto al cielo", alcanzó a pensar Hortensia cuando por fin se detuvieron frente a una casa enorme, aislada de los edificios, tan grande que se alcanzaba a ver a pesar de una cerca muy alta que la protegía. La mansión le recordó un castillo dibujado en uno de los libros de la escuela.

¿Por qué estaban en ese lugar, tan distinto de los otros a donde Tomás y sus compinches robaban?

—Aquí es. Hoy te vas a lucir –dijo Tomás, bajándose de la moto y arrastrando a Hortensia del brazo–. Tú, que eres tan buena voladora, vas a escalar la cerca para subirte hasta la terraza y amarrar el lazo a las barandas. Óyeme con cuidado, no te lo voy a decir sino una vez. Por atención. –Tomás hablaba en voz muy baja y su tono amenazador se acentuaba. Hortensia no lograba concentrarse–. Cuando tengas todo bien amarrado, con nudos dobles, me ayudas a subir. De lo demás me encargo yo. A ver, despabílate. No te hagas la tonta. Ya sabes de lo que soy capaz. Tenemos que aguantar aquí un momento, a que el vigilante se haga el loco. Ya tenemos todo arreglado él y yo, así que no nos pondrá problema. Si haces las cosas como es debido, te ganas un premio, un premio gordo: te dejo comer de mis sobras. Si nos va bien en este negocio, en adelante serás mi única socia. Ya no necesitaré a los muchachos. Por fin seremos tú y yo. —Terminó su discurso con tono sarcástico y gesto de repugnancia.

Se bajaron de la moto cuando un vigilante en bicicleta despareció tras otra mansión. Tomás disparó piedras a los alumbrados cercanos a la casa. Quedaron a oscuras. Hortensia sentía que sus piernas temblaban y se doblaban. Casi no podía caminar. El miedo a Tomás era más fuerte que todo. Si no le obedecía, sería capaz de matarla ahí mismo, luego mataría a sus hermanitos, no le cabía duda. Hortensia dominó su temblor y obedeció al pie de la letra las órdenes.

"Que me pueda escapar, que Tomás desaparezca, que me pueda escapar, que Tomás desaparezca".

A pesar de que llevaba semanas sin entrenar y de que la cerca era alta, no le costó ningún trabajo lanzar la cuerda hacia arriba para enlazarla a un barrote y, luego, trepar enredando las piernas y los brazos hasta llegar arriba. Listo, la primera parte estaba cumplida. Venía lo más difícil: subir hasta la terraza.

"Que me pueda escapar, que Tomás desaparezca, que me pueda escapar, que Tomás desaparezca".

—Apúrate. Si llega la Policía, nos agarra y nos mete al pote —susurraba Tomás desde abajo.

Rogar, llamar, rezar. Hortensia oyó en ese momento un llamado, shu shu.

"Madrina, ¿es usted? ¿Me está hablando? ¿Viene a ayudarme?".

Shu shu, escuchaba Hortensia.

"Madrina, por favor hábleme, esté viva o esté difunta", rogaba Hortensia enredando las piernas y las manos en la cuerda que la llevaba a la terraza, "necesito volver a la casa. No quiero ir a la cárcel. Quíteme a este hombre de encima", suplicaba, sabiendo que no debía pedir para que vida no se lo cobrara. De todas maneras, pedía. No importaba el precio. Ya ni siquiera pensaba en una dentadura nueva, decente, bonita, para hablar y sonreír. Su único y profundo deseo era regresar, volver a su familia, ser ella misma, sin dueño, sin terror. Necesitaba volar, huir de este infierno.

"Que me pueda escapar, que Tomás desaparezca, que me pueda escapar, que Tomás desaparezca".

¡La terraza! ¡Qué espectáculo! Al poner los pies en la terraza de la enorme casa, Hortensia no pudo dejar de mirar hacia el horizonte. La ciudad aparecía como un dibujo perfecto. Era de noche, pero las luces de miles de edificaciones y los faros de los carros alumbraban casi como si fuera de día. Al fondo, se alcanzaban a ver las cimas de las montañas, envueltas en la bruma. Más acá, un parque muy iluminado.

¡Un parque!

Hortensia miró bien.

"Que me pueda escapar, que Tomás desaparezca, que me pueda escapar, que Tomás desaparezca".

¡El parque! Ahí estaba el quiosco de los vendedores, parecido a una ermita. Era el parque donde llevaba a sus hermanos, el parque donde había volado como la estrella del circo, el parque donde Tomás le había robado la vida dos veces. ¡Su parque!

La vista del parque nubló la cabeza de Hortensia. ¿Por qué, cuando tanto rogaba que la madrina la liberara de Tomás, se le aparecía su parque?

"Dicen que los muertos no hablan, pero los que han muerto y resucitan, sí hablan", solía recitar Cordelia.

¿Estaría muerta? Ya llevaba muchos meses sin saber de ella. Tampoco sabía de sus padres, ni de sus hermanos, ni de sus amigos, ni de Floria, ni de nadie. Solo de Tomás, el peor de los carceleros.

En la oscura terraza, bajo las estrellas, Hortensia sintió a su lado una compañía. Al voltear la mirada vio que era el patrón con cara de Tomás que se le había aparecido en sueños. Le daba la bendición mientras una larga fila de hormigas bajaba por su nariz, recorría la terraza hasta una serie de barandas, descendía en perfecto orden y se alejaba calle abajo. Hortensia se asustó con el desfile de hormigas. Respiró, miró de nuevo. Ya no había patrón, ya no había hormigas. Había barandas, había una calle que descendía y desembocaba directamente en su parque.

La mirada de Hortensia se trasladó el quiosco. Buscó la esquina donde solía sentarse con los niños, con la débil esperanza de verlos allí. Miró fijamente, tan fijamente que por fin los vio. Estaban sentados en el andén, abrigados con trapos, uno dormido sobre el otro. Eran ellos, seguro que eran ellos.

Junto a los niños, envuelta en su chal de siempre, estaba Cordelia. ¿Cómo podía estar ahí la madrina? Ella había jurado que nunca abandonaría su rancho. ¿Qué la había obligado a salir? No, no podía ser. Sí, si era ella.

—Shu shu —escuchó Hortensia—. Shu shu.

"Una bruja buena me está llamando. ¿Dónde está?".

Shu shu –Hortensia oía, pero no veía. Siguió el sonido, se acercó a otra baranda–. Shu shu. –Se detuvo el ave de la noche que le indicaba un camino.

"Que me pueda escapar, que Tomás desaparezca, que me pueda escapar, que Tomás desaparezca. Es el momento, madrina, es el momento, madrina".

Como si un relámpago la hubiera golpeado, como si realmente la voz de Cordelia le hablara, Hortensia supo de inmediato lo que tenía que hacer. Lo mismo le había sucedido cuando la atrapó el policía en el cementerio y ella pudo escaparse de Tomás.

Miró de nuevo el parque. Con los ojos, siguió las calles que iban desde la mansión hasta el quiosco. Calculó cuánto tiempo le tomaría correr y llegar allí.

Miró a Tomás, que esperaba impaciente bajo la terraza.

Miró la cuerda que tenía que amarrar.

Miró la baranda donde cantaba el pájaro de la noche.

Midió la altura. Había aprendido a hacerlo en los entrenamientos de las telas voladoras.

Tejió su plan con rapidez.

Amarró una punta de la cuerda a una de las barandas. Como Tomás no podía verla desde su lado de la cerca, se dirigió a otra baranda. Con un segundo trozo de cuerda hizo un nudo, esta vez falso, de los que hacía cuando iba con sus primas y sus amigos al río. Tendían puentes, pasaban al otro lado, tiraban y halaban la cuerda para poder hacer otros puentes en otros puntos del río. Nada más fácil.

Se asomó al borde de la terraza. Le lanzó la cuerda del nudo falso a Tomás, sosteniéndola firmemente para aguantar el peso de Tomás mientras escalaba. Lo vio subir con dificultad los nueve metros que separaban la terraza del suelo. Era menos ágil que ella. Contuvo el aliento viendo que ya alcanzaría el alero y que estaría en piso firme.

—Shu shu —chilló con fuerza el ave de la noche, justo cuando un avión pasaba por encima de la terraza con sus turbinas rugiendo.

Hortensia respiró hondo, dijo tres veces "Jesús, Jesús, Jesús" y soltó de la cuerda de Tomás.

—Hortensia, ¿qué haces? Te voy a matar –creyó oír la voz de Tomás mientras volaba a su otra cuerda, la que estaba bien amarrada.

Luego, todo fue un remolino.

Hortensia se deslizó desde la otra baranda. Las manos le quemaban. No importaba. No miraba. No sabía qué pasaba con Tomás.

"Allá voy, madrina. Allá voy, allá voy".

Llegó al suelo. Casi al tiempo que Tomás, quien cayó de bruces sobre el asfalto.

Vio la calle vacía.

Oyó la voz de Cordelia.

Oyó a sus hermanos llamando.

Shu shu —el ave de la noche cantaba más abajo.

Corrió hacia la calle iluminada, la calle que conducía al parque, a los niños, a la madrina. Corrió a la calle de la libertad.

Vio pasar una ambulancia y un carro de policía que volaban hacia las mansiones.

"Dicen que los muertos no hablan, pero los que han muerto y resucitan, sí hablan", se dijo Hortensia. "Aquí estoy, madrina. Hable, madrina, hable. Tengo toda la vida para escucharla".

Ya no hubo aves de la noche que cantaran para Hortensia.

Después, solo estaba el camino.

Irene Vasco

Escritora colombiana, cuyas raíces se remontan al Brasil y a Rusia. Comenzó a escribir desde muy joven, de la mano de su madre Sylvia Moscovitz, artista brasileña, quien hizo algunos de los primeros programas de radio y televisión para niños en Colombia.

Su vida ha girado alrededor de los libros y de la formación de lectores. Además de escribir, ha dictado talleres y conferencias a lo largo y ancho del país y en eventos internacionales. También fue dueña de una prestigiosa librería en Bogotá.

Como autora, dedica parte de su producción a los libros de ficción y parte a los libros informativos. Algunas de sus publicaciones han recibido importantes premios y distinciones. Entre las obras más reconocidas, se cuentan *Conjuros y sortilegios, Paso a paso, Mis 130 apellidos, Mambrú perdió la guerra, La Independencia de Colombia: Así fue, Letras al carbón* y *La joven maestra y la gran serpiente.*

En este libro se emplearon las familias tipográficas
Stempel Schneidler de 13 puntos y Swiss 721BT de 21 puntos.
Se imprimió en papel Coral Book Ivory de 80 gramos